CAPITÃ MARVEL
MAIS ALTO, MAIS LONGE, MAIS RÁPIDO

LIZA PALMER

São Paulo
2021

Captain Marvel: Higher, Further, Faster
© 2021 MARVEL. All rights reserved.

Copyright © 2021 by Book One
Todos os direitos de tradução reservados e protegidos pela Lei 9.610 de 19/02/1998. Nenhuma parte desta publicação, sem autorização prévia por escrito da editora, poderá ser reproduzida ou transmitida sejam quais forem os meios empregados: eletrônicos, mecânicos, fotográficos, gravação ou quaisquer outros.

Primeira edição Marvel Press: fevereiro de 2019

EXCELSIOR — BOOK ONE
TRADUÇÃO **GUILHERME KROLL**
PREPARAÇÃO **RAQUEL NAKASONE**
REVISÃO **TÁSSIA CARVALHO & TAINÁ FABRIN**
ARTE E ADAPTAÇÃO DE CAPA **FRANCINE C. SILVA**
DIAGRAMAÇÃO **ALINE MARIA**

Dados Internacionais de Catalogação na Publicação (CIP)
Angélica Ilacqua CRB-8/7057

P198c	Palmer, Liza
	Capitã Marvel: mais alto, mais longe, mais rápido / Liza Palmer; tradução de Guilherme Kroll. – São Paulo: Excelsior, 2021.
	208 p.
	ISBN 978-65-87435-05-3
	Título original: Captain Marvel: higher, further, faster
	1. Capitã Marvel (Personagens fictícios) 2. Super-heróis 3. Ficção norte-americana I. Título II. Kroll, Guilherme
21-2490	CDD 813.6

TIPOGRAFIA **ADOBE GARAMOND PRO**
IMPRESSÃO **COAN**

CAPÍTULO 1

— É como se você não estivesse nem tentando — provoco.

O estrondo profundo rasga o céu. Está chegando mais perto.

— Você não pode se esconder de mim. — Aperto bem os olhos. — Eu te reconheceria em qualquer lugar.

O motor trovejante ruge em resposta e sacode o chão ao se aproximar.

— Te peguei. — Sorrio. Os pelos da minha nuca se arrepiam quando seu rosnado fácil se acerca. Mais próximo. Cada vez mais próximo. E, assim que está bem acima de mim, grito:

— O P-51D Mustang! — Abro os olhos no momento em que o piloto alinha o avião com a pista. — Eu sabia! — berro em triunfo para o céu.

Sentada no capô do meu carro, consigo ver o piloto pousar habilmente o avião P-51D Mustang em um aeroporto das redondezas; o guincho das rodas sinaliza que o veículo e o piloto estão sãos e salvos. O céu está silencioso de novo.

Com um suspiro, abro a antiga garrafa térmica e saboreio o chá ainda quente demais. Sinto seu calor descendo pela minha garganta. Quebro o último pedaço de torrada e geleia que sobreviveu bravamente à viagem de uma hora e ajeito o cobertor xadrez ao meu redor com firmeza. De onde venho, isso geralmente é mais do que suficiente para evitar os primeiros calafrios da luz do dia, mas hoje, mesmo com todos juntos, percebo que o clima frio do Colorado será algo a que devo me acostumar.

E então… identifico no meu peito antes mesmo de ouvi-lo. Outro estrondo magnífico entre as nuvens distantes.

Fecho os olhos, levanto o rosto e ouço. Sempre fui mais feliz sentada no capô do meu carro com esse mesmo cobertor xadrez, a garrafa térmica cheia de chá quente e pão e geleia, ouvindo os aviões decolarem e pousarem. O cenário ao meu redor pode ser diferente agora, mas o jogo é intuitivo, quaisquer que sejam os arredores — esses sons estão gravados profundamente em meus ossos, tão familiares quanto minha música favorita.

— Piper Saratoga — sussurro em reverência. Abro os olhos no momento em que o pequeno avião sobrevoa perto e sorrio ao confirmar que estou, mais uma vez, correta.

Verifico o relógio. Ainda é cedo. Muito cedo. Mas mal posso esperar. Esperei por isso minha vida inteira. E, agora que finalmente chegou o dia, não posso mais me conter.

Ainda hoje, não parece real.

É um sonho que transformei em fantasia e que não ousava mencionar em voz alta. Mas a cada passo, a cada tarefa concluída, a cada inscrição, a cada artigo, a cada carta de recomendação, a cada teste físico e a cada envelope que chegava pelo correio, eu prendia a respiração me perguntando se realmente teria a oportunidade de me tornar a pessoa que sempre sonhei.

E então a carta chegou. E se tornou uma promessa. E essa promessa se tornou um dia circulado em vermelho no meu calendário. E então aquele dia circulado em vermelho se tornou uma lista de coisas que eu deveria colocar na bagagem. E então essa lista se tornou uma pilha bagunçada na minha cama, que definitivamente nunca caberia em mochila nenhuma. E então aquela mochila foi carregada no meu Mustang abastecido. E então aquele Mustang foi embora da cidade natal na qual eu sempre soube que não seria capaz de me segurar para sempre.

E, agora, aquele Mustang está estacionado do lado de fora deste pequeno aeroporto no Colorado, para que eu possa me sentir como eu mesma novamente nessas horas irreais antes que aquele sonho de muito tempo atrás por fim se torne realidade.

Hoje, começo na Academia da Força Aérea dos Estados Unidos. Finalmente vou voar.

Vou passar os próximos quatro anos garantindo que me tornarei a melhor aviadora que eu puder ser. Pilota Danvers. Pilota de Primeira Classe Danvers. Que tal sargenta Carol Danvers? Ou mesmo segunda tenente Danvers?

Não… que tal: Capitã Carol Danvers — a primeira pilota de caça da Força Aérea?

Um sopro animado explode no ar frio da manhã. Não aguento mais. Fecho a tampa da garrafa térmica o mais forte que posso. Enrolo o guardanapo em que embrulhei a torrada e a geleia e deslizo pelo capô do carro o mais suavemente possível. Abro o porta-malas do Mustang e guardo o cobertor xadrez agora dobrado, junto com a garrafa e o guardanapo enrolado. Remexo a mochila e percebo que estou inquieta e nervosa enquanto organizo e reorganizo o conteúdo do porta--malas. Quero chegar e não quero chegar lá, tudo ao mesmo tempo.

É quase como se eu não quisesse acordar do sonho de uma vida, apenas para perceber que não posso…

Não.

Eu nasci para voar.

De todas as coisas de que já duvidei, essa nunca foi uma delas.

Cheia de um senso reforçado de determinação, fecho o porta-malas.

Caminhando até a porta do motorista, sinto o ronco baixo de outro avião na boca do estômago. Coloco os dedos em volta da maçaneta da porta do Mustang. O zumbido cantado do motor me emociona quando o avião faz sua aproximação. Este rosna e ronrona ao mesmo tempo. É magnético e ameaçador. E é mais bonito do que qualquer coisa que eu já tenha ouvido.

Fecho os olhos e presto atenção, sem conseguir resistir a uma última vez. Não é um Cessna. Claro que não. Também não é um avião moderno, isso exclui qualquer avião Beechcraft. É um Marchetti? Não. É um... Poderia ser um velho Ryan PT-22, mas... Não. Isso não está certo. Abaixo a cabeça, sentindo minha testa se franzir enquanto meu cérebro percorre todos os aviões, motores e rugidos que já registrei. Balançando a cabeça, finalmente, solto um rosnado frustrada.

Pela primeira vez em eras, não consigo descobrir que tipo de avião é esse.

Protejo meus olhos do sol que acabou de nascer e olho para cima para contemplar um biplano amarelo com detalhes em azul e vermelho. À medida que o avião sobrevoa próximo, memorizo todas as suas curvas impressionantes e sons estrondosos.

Vou descobrir que tipo de avião é esse.

Eu me contorço pela janela aberta para sentar no banco do motorista — a porta da frente está quebrada há meses —, aperto o cinto e giro a chave na ignição. O motor ronca enquanto pego as direções que anotei e as comparo com meu mapa velho e cheio de orelhas, cutucando os dentes com a língua para me concentrar enquanto traço o restante do percurso. Levarei mais trinta minutos para chegar, e ainda estarei duas horas adiantada. Coloco minhas orientações amassadas sob o guia, ligo o rádio e começo a delicada dança de encontrar uma boa estação para ouvir durante o caminho. É uma incógnita se vou conseguir uma boa recepção nessas estradas de montanha.

Bem quando pensei ter encontrado uma estação promissora, um borrão preto, que deixou uma enorme esteira de poeira em seu rastro, quase me tira da estrada. Agarro o botão do rádio e vejo o borrão acelerar pela estrada vazia, seguido de perto por um pequeno Honda azul. Um toque de curiosidade irradia através de mim, e depois vem a inconfundível sensação de que algo está errado. *Deixa pra lá, Danvers,* minha voz interior avisa. *Você está tão perto. Não estrague isso, como você sempre estraga tudo.*

Mas não custa nada checar, não é?

A estação de rádio crepita quando avanço, os acordes de uma música de sucesso ressoam muito claramente. Verifico se não há mais borrões se aproximando e vou atrás dos dois carros; minha perseguição agora tem a inconveniente trilha sonora de alguma balada melosa sobre as armadilhas do amor. Não é o clima mais adequado agora, rádio.

À medida que me aproximo do Honda azul e emparelho ao lado dele, vejo grandes manchas de tinta preta na lateral amassada do motorista, e parece que elas se estendem até o capô. A garota atrás do volante olha para mim. Tento gesticular da melhor forma possível a pergunta: *Você está bem?* Depois: *O que aconteceu?* Ela joga o braço para a frente, revelando um uniforme de loja de *fast-food* enrugado e manchado, e balbucia: *Ele bateu no meu carro.* Ela então balança os dedinhos da mão no ar entre nós, certamente indicando que o borrão preto atingiu seu carro e fugiu. Sua expressão vai da raiva à preocupação, enquanto seu carro começa a desacelerar e engasgar devido aos danos. Ela bate no volante várias vezes enquanto o carro continua a desacelerar.

Oh, não. Se há uma causa com a qual estou envolvida de forma inapelável é a dos pequenos Hondas azuis deste mundo que sofrem colisões e são abandonados por grandes borrões pretos. Estou dentro.

Eu buzino e abro a janela. Ela me olha. Aponto para mim mesma e depois para o borrão preto. Seu rosto se dissolve em soluços enquanto ela descobre o que eu disse.

— Consegue acompanhar? — grito por cima do tom suave da balada.

Ela assente com a cabeça e limpa o rosto, agora determinado e coberto de lágrimas. Faço um grande sinal de positivo com o polegar. Ela corajosamente devolve o gesto. Acelero meu Mustang e disparo. Vejo uma placa na rampa de acesso indicando uma estrada em cerca de cinco quilômetros e, de repente, sei exatamente para onde o motorista está indo. E, graças ao mapa que estudei por horas a fio, sei como posso cortá-lo.

Viro à direita e faço uma curva acentuada em uma estrada sinuosa que corta a montanha. O pequeno Honda azul está bem atrás de mim. Na curva seguinte, consigo ver o borrão preto disparando para a próxima rodovia na rampa de acesso. Olho do borrão para as placas de posto de gasolina surgindo no horizonte e enfio o pé no acelerador.

Nesse momento, escuto as sirenes.

— Ótimo — digo, olhando para trás para ver que minha direção ofensiva atraiu a atenção da polícia estadual.

Deslizo pela última curva e começo a descida para a estrada da frente, com as sirenes uivando atrás. Finalmente alcanço a base da montanha, bem a tempo de ver o borrão preto parar no semáforo final antes da rampa de acesso da rodovia. De perto, noto que ele é, na verdade, um Jaguar preto bastante caro, arranhado, danificado e com manchas de tinta azul na lateral. O motorista tem a audácia de descansar o braço languidamente pela janela aberta, enquanto dá uma longa tragada no cigarro. Meus olhos saltam do Jaguar para o cruzamento vazio, depois para a rampa de acesso, seguem para o posto de gasolina da esquina e, finalmente, dão uma espiada rápida no policial estadual que se aproxima.

Só há uma coisa a fazer.

Piso no acelerador e disparo para o cruzamento vazio, aproximando-me do Jaguar de frente e cantando pneu para parar a poucos centímetros do para-choque dianteiro. Desligo o carro, silenciando a balada, saio pela janela aberta e desço.

— Você bateu e fugiu — digo friamente, caminhando na direção do sr. Jaguar. O policial para atrás de mim, as sirenes enfim silenciadas. Vejo o sr. Jaguar pesando os prós e os contras de me dar um pouco da sua atenção, em vez de se afastar do policial estadual.

— Tire seu carro daí! — ele resolve gritar, jogando a ponta do cigarro na estrada.

— Parados! — o policial ordena. E depois lança um confuso: — Vocês dois? — Quando o policial sai do carro, percebo que é uma mulher.

— Ele bateu e fugiu — conto, apontando para o homem enquanto ele sutilmente começa a se virar na estrada. Vejo que ela está verificando os danos do Jaguar.

— Pare agora mesmo — a policial estadual diz ao homem com uma voz calma e cortante. Ele continua recuando. Esse cara realmente acha que ainda pode fugir? A policial apenas arqueia uma sobrancelha. O sr. Jaguar bufa e, finalmente, põe o carro em ponto-morto, bem quando o Honda azul desce da montanha e para no posto de gasolina. A garota sai do carro e corre, com o rosto ainda coberto de lágrimas.

— Ele bateu no meu carro — ela diz para a policial. — Ele passou pelo *drive-thru* no momento em que terminei meu turno.

Ele estava tentando botar ketchup nas batatas fritas, não estava prestando atenção e simplesmente foi direto contra mim. — A policial ouve a garota com um olho firmemente focado no sr. Jaguar, que está mais uma vez avançando em direção à rampa de acesso da estrada.

— Você — a policial aponta para o homem —, para fora do carro.

Eu começo a caminhar em direção ao meu Mustang.

— Você — a policial aponta para mim —, sente-se no meio-fio.

— Mas…

— Sente-se.

A policial toma o depoimento de todo mundo, anota as nossas informações e até ajuda a garota a ligar para sua seguradora e conseguir que o carro seja consertado no posto de gasolina. Uma hora depois, o Jaguar foi apreendido, o homem foi multado e levado em custódia, o pequeno Honda azul está sendo empurrado para a garagem do posto e a garota usou o telefone público para ligar para a mãe. Enquanto caminha até o carro da mãe, a garota olha para mim (ainda sentada no meio-fio, como me disseram para ficar, muito obrigada) e acena, um sorriso brincando em suas feições. Eu aceno de volta.

A policial finalmente me chama. Eu me levanto, limpo a sujeira da calça e estendo uma mão, com o tom mais formal possível.

— Oficial, meu nome é Carol Danvers. Estou começando na Força Aérea. Preciso…

Ela ignora minha mão estendida e me interrompe.

— Você violou… e eu só estou chutando esse número porque não acompanhei toda a extensão da sua corrida nas montanhas… mas tenho certeza de que você violou pelo menos cinco leis do Colorado — diz ela.

Olho para o seu distintivo. WRIGHT. Seu cabelo é natural e bem cortado. Sua pele castanho-avermelhada tem rugas nos cantos dos olhos de tanto sorrir — não para mim ou aqui, porém, mas para outras pessoas em outros lugares.

Aponto o polegar para o banco traseiro de seu carro, onde o sr. Jaguar aguarda justiça, com os braços cruzados e uma carranca.

— Ele bateu e fugiu. Ele é o vilão aqui — argumento.

— Então isso faz de você…

— Faz com que eu não seja a vilã?

— Entendi. — A policial puxa seu talão de multas.

Começo a entrar em pânico.

— Por favor. Eu… não poderia deixá-lo escapar. Eu não pensei, só…

— Exatamente. Você não pensou.

— Não havia tempo. Ele estava fugindo… — Estou prestes a lançar uma infinidade de razões pelas quais o que fiz era justificável e, talvez, alguma história rápida sobre como, sim, isso é aparentemente algo que eu faço, e ela não era a primeira figura de autoridade a me dizer que eu tenho problemas ao disparar e fazer coisas sem pensar direito, e, não, nem sempre deu certo, mas nunca me arrependi de nada, nem uma vez. Mas, em vez disso, penso em como hoje deveria ser o dia em que todos os meus sonhos se tornam realidade, não o dia em que lembro que, mesmo nos sonhos, eu ainda sou a mesma.

Engulo em seco. E se ela me der uma multa, e isso me prejudicar? E se a Força Aérea me expulsar do programa antes mesmo de eu começar? Finalmente, consigo articular o seguinte:

— Por favor. Eu ia conseguir voar.

— Você me lembra muito a mim mesma quando eu tinha sua idade — diz a policial. Deixo escapar uma bufada. — Isso não é um elogio.

— Oh, há...

— Geralmente a mais inteligente da turma? A mais rápida?
— Eu concordo. — Sim, eu também. Aí está. Quando você pensa que sabe tudo, quando tudo vem fácil...

— Não é fácil — digo, incapaz de continuar segurando minha língua com essa pequena palestra. Ela espera. — Certo. É *fácil o bastante*. Que tal?

— Tem sempre uma desculpa pronta quando as coisas dão errado. E é o que acontece, muito frequentemente...

Interrompo de novo.

— Acho que prefiro receber só a multa — digo. Um sorriso irônico surge no rosto da policial estadual. Ela dá um aceno de cabeça eficiente, e então pega seu talão e uma caneta e começa a escrever. Meu coração se aperta, mas tento não deixar o medo transparecer no meu rosto.

— Vou deixar você ir só com um aviso — diz a policial, arrancando a multa do talão.

— Oh — expiro. Eu nem percebi que estava prendendo a respiração. — Obrigada...

Ela me entrega a multa.

— Leia.

— Então é um aviso *mesmo*. Pensei que *aviso* significasse só para eu tomar cuidado, não que tivesse de fato... — digo enquanto a policial levanta uma sobrancelha — ... palavras — termino confusa. Então calo a boca e leio.

Rabiscadas na multa há as palavras: *Permita-se aprender.* Pensei que um aviso seria mais ameaçador.

— *Permita-se aprender?*

— Você vai ter que tomar decisões em uma fração de segundo lá em cima, e o que pode matar você e seus colegas aviadores é pensar que você sabe tudo.

— O que isso quer dizer...?

— As melhores decisões tomadas em uma fração de segundo têm como raiz o conhecimento. Você pode ser rápida e impulsiva porque sabe o que está fazendo. E você vai saber o que está fazendo se tiver paciência para aprender. Só pense assim. Cada coisa nova que você aprender, e quero dizer aprender mesmo, vai gerar uma decisão espasmódica, espontânea e aparentemente precipitada lá em cima. — Estou prestes a falar, quando ela me interrompe. — Eu sei que não é tão divertido quanto disparar por uma estrada na montanha, mas... — Ela espera. — Você fará isso por mim?

— Sim, senhora.

Ela assente.

— Então boa sorte lá em cima, Danvers.

CAPÍTULO 2

Gritam comigo no ônibus, depois gritam quando estou em pé ao lado do ônibus, gritam para me afastar do ônibus, e então gritam para que a gente forme filas e largue nossas bolsas e definitivamente não olhe para os cadetes quando estão falando conosco. O barulho e o caos, os gritos e centenas de jovens lutando para seguir as ordens tornam-se um ruído branco em pouco tempo. Em seguida, começam a gritar para andarmos — *não, não desse jeito, ande daquele jeito* — até um edifício imponente, onde gritam um pouco mais. Somos chamados de *arco-íris*, *calouro*, *básicos* e *trainees* e qualquer outra iteração intermediária. Nós nem sequer somos chamados de aviadores até o final do curso básico, após o desfile de aceitação. Quero dizer, nem sequer temos uma identificação com o nosso sobrenome até a terceira semana.

Mantenho meu olhar adiante e sobrevivo em meio à parte de mim que existe apenas com a pura animação e com o terror absoluto de errar. Eu sigo, faço como me foi dito, e me lembro de não deixar escapar para os outros cadetes: *Você acredita que finalmente estamos aqui?! Não é ótimo?!*

Ainda não consegui compor um único pensamento, além de um grito agudo de prazer interno, quando um grupo é conduzido para uma sala menor para prestar nosso Juramento de Alistamento.

— Levantem a mão direita e repitam — diz o oficial. Ele é jovem, com cabelo curto loiro-claro e olhos azul-gelo que penetram e parecem percorrer cada um de nós. Ele é bonitinho demais para não saber disso. Dou uma rápida olhada em seu distintivo. JENKS. — Eu, digam o seu nome completo — diz o oficial Jenks. Todos repetimos a primeira palavra e, em seguida, a sala se enche de uma cacofonia composta por todos os nossos nomes ditos de uma só vez. Falo "CAROL DANVERS" o mais alto e claro que posso, sentindo uma pontada de orgulho.

Jenks espera.

— Tendo sido nomeado cadete da Força Aérea dos Estados Unidos... — Enquanto seguimos e repetimos o que Jenks diz durante o restante do juramento, sinto as palavras presas na minha garganta. Isso é real. Eu sou parte de algo maior. À medida que avançamos para as palavras finais, percebo que estou ficando um pouco emocionada. *Controle-se, Danvers.*

— Então que Deus me ajude — Jenks diz.

— Então que Deus me ajude — repito, permitindo que meus olhos se fechem conforme me perco no momento. É isso. Tudo o que eu sempre quis está dentro do meu...

— Danvers! — chama a cadete-oficial Chen, aparecendo do nada. Seu título significa estagiário militar estudando para se tornar um oficial totalmente comissionado. Os cadetes-oficiais são chamado de "COs", para simplificar.

— Sim, senhora — respondo. Meus olhos se abrem e minha voz sai entrecortada e eficiente.

— Você gostaria de fazer o juramento de novo? — Sou um pouco mais alta que a oficial-cadete Chen. E, no entanto, não tenho dúvidas de que ela poderia me derrotar e definitivamente me humilhar de todas as maneiras possíveis. Seu cabelo preto é curto, e sua voz me desarma. Seu rosto fica sereno enquanto ela espera minha resposta.

— Não, senhora — digo, sem saber por que ela está perguntando isso.

— Muito bem. Então onde está sua esquadrilha, novata?

Olho ao redor da sala e sinto meu rosto esquentar.

Minha esquadrilha já tinha partido havia muito tempo. Quando chegamos aqui, a classe de mil cadetes novatos foi dividida em grupos menores pelo quadro de cadetes dos alunos da classe alta. Cada divisão resultou em cada vez menos anonimato. Essa não é uma conclusão bem-vinda. Mil se tornaram dez esquadrões de cem cadetes. Então esses cem se tornaram trinta. Então esses trinta se tornaram minha esquadrilha. E, na minha esquadrilha, existem apenas quatro mulheres. Mas, agora, sou apenas eu, a oficial-cadete Chen, o oficial Jenks, e o momento de desatenção que me meteu nessa confusão.

— Você pode, por favor, fazer o seu trabalho e tirá-la daqui? — A voz de Jenks é um suspiro indiferente.

— Sim, senhor — diz Chen.

Ela respira fundo antes de soltar os cães em cima de mim. Mas, antes que ela diga algo, Jenks levanta uma única mão de forma vagarosa. Chen para de imediato, de pé em posição de atenção enquanto ele caminha até mim. Eu ainda estou olhando para a frente. Jenks caminha ao meu redor. Posso ouvir sua respiração e o chiado de seus sapatos. Os pelos na minha nuca se arrepiam quando ele para na minha frente. Os lábios de Jenks se curvam em decepção conforme ele me mede da cabeça aos pés.

— Deixam qualquer um entrar hoje em dia — comenta. Seu olhar vai de mim para Chen. — Qualquer um mesmo. — Os olhos de Chen permanecem erguidos, mas noto uma oscilação no momento em que suas palavras a atingem bem no peito.

A próxima esquadrilha entra para fazer o juramento, e Jenks nos dispensa, tanto Chen quanto eu, com um aceno de mão. Damos meia-volta e saímos da sala. Jenks despojou Chen de qualquer poder que ela possuía. Naquela sala — e aos olhos de Jenks —, ambas somos igualmente decepcionantes.

Chen parece recuperar a compostura quando entramos no corredor e nos juntamos ao resto da esquadrilha. Ninguém olha quando entro com Chen fungando no meu cangote. Sei que eles estão aliviados por não terem sido escolhidos. Ao me acomodar, vejo Chen e o cadete-oficial Resendiz compartilharem um olhar. Resendiz sabe que algo aconteceu, e o olhar que ele lhe lança é ao mesmo tempo de compreensão e de desculpas. Ele sabe que tipo de homem Jenks é. Será que todo mundo sabe?

Esquadrinho a sala e noto que os cadetes masculinos estão raspando a cabeça; tufos de cachos e fios de cabelo atingem o chão com um sussurro suave, como os primeiros flocos de neve. Sigo Chen até a área onde as mulheres podem optar por um corte curto — a menos que, assim como eu, elas tenham passado os últimos dois anos deixando o cabelo crescer para poder fazer um coque apertado com no máximo oito centímetros de circunferência que não tocasse na parte superior da gola. O que significa que eu estava obcecada em medir e otimizar elásticos e grampos nos últimos dois anos. Eu até cronometrei. Esses eram os tipos de coisas em que eu pensava enquanto meus colegas do ensino médio preenchiam nervosamente as inscrições para universidades e planejavam suas grandes festas de formatura.

Depois da fila do cabelo, os cadetes-oficiais Chen e Resendiz nos direcionam para a parte médica dos eventos de hoje, onde somos cutucados e pressionados impunemente. Não tenho ideia de quanto tempo se passou, mas parece que faz uma eternidade desde que eu sentei no capô do meu carro, olhando para o nascer do sol do Colorado e ouvindo aviões.

Chen e Resendiz então nos conduzem para pegar nossos uniformes de batalha de aviadores, e quando o céu começa a escurecer com o cair da noite, eles finalmente levam o nosso grupo, esgotado e vencido, de volta às nossas bolsas e, a partir daí, aos nossos dormitórios. Chen para na frente de uma porta aberta.

— Danvers. Rambeau.

Dou um passo à frente, assim como uma das outras três mulheres em minha esquadrilha que eu vi apressada nos eventos de hoje. Não nos atrevemos a olhar uma para a outra. Olhamos para a frente até Chen nos dizer o que fazer. O que, no final, ela não faz. Então continuamos de pé. Chen para na frente da sala ao lado e grita os nomes das outras duas mulheres. Nós quatro ficamos paralisadas. Devemos andar ou…?

— O primeiro treinamento básico começa amanhã. Sugiro que durmam um pouco. — Chen segue pelo corredor, sem dizer mais nada.

Nós nos entreolhamos e, em seguida, antes que alguém saia e grite conosco de novo, todas vamos rapidamente para os nossos respectivos dormitórios.

— Carol Danvers — eu me apresento, quando estamos em segurança, estendendo a mão para minha nova companheira de quarto.

— Maria Rambeau — diz ela, aceitando minha mão estendida. A pegada dela é forte e decidida, e mesmo que esteja claramente exausta como eu, ela me olha nos olhos e eu posso senti-la procurando em meu rosto, curiosa, alguma maneira de medir que tipo de pessoa sou. Tento sorrir, tento apertar mais forte sua mão, tento... bem, impressioná-la. A pele escura de Maria brilha com o suor de um longo dia e, quando seus impossíveis grandes olhos castanhos estudam meu rosto, sinto como se ela estivesse prestes a bater algum tipo de martelo psicológico enquanto termina de discernir minha personalidade para ter um veredicto.

— Tem alguma preferência? — deixo escapar, gesticulando para as duas camas.

— Não. — E então, com uma inclinação quase imperceptível da cabeça: — E você?

— Tenho certeza de que ambas são igual e agressivamente desconfortáveis — respondo. Um sorriso cansado surge no rosto de Maria, e a alegria que explode em mim poderia alimentar o centro de Colorado Springs.

— Fico com esta aqui, então — diz Maria, apontando para a cama da direita.

Concordo com a cabeça e passamos a próxima hora montando nossas respectivas áreas em silêncio. Medimos, dobramos e polimos, nos certificando de deixar tudo o mais pronto possível para amanhã, além de nos prepararmos para inspeções iminentes do dormitório.

No final da noite, enquanto escovo os dentes, não consigo me lembrar de ter comido ou bebido qualquer coisa hoje. Mas sei que devo ter ingerido algo. Sei que vi um monte de rostos e disse *sim, senhor* e *não, senhora* pelo menos umas mil vezes. Sei que meu sangue foi derramado, e fiz um juramento de servir este país da melhor maneira possível, quando angariei a infeliz atenção de Jenks.

Cuspo a pasta de dente e lavo a boca. Na calma e sossego do banheiro, descanso as mãos na pia fria e fecho os olhos. Tento recordar o som do avião misterioso desta manhã. Seu zumbido alto e melodioso e o gemido gutural de seu motor. Memorizo o som como se fosse uma canção de ninar. Uma canção de ninar me lembrando de que ainda sou eu, em meio a tudo isso. Apenas uma garota que prefere contar aviões em vez de ovelhas para adormecer à noite.

Recolho minhas coisas e volto para o dormitório, onde encontro Maria sentada de pernas cruzadas em sua cama, escrevendo em um diário. Sorrio enquanto fecho a porta atrás de mim, e ela responde da mesma maneira. Tenho vontade de dizer algo, perguntar o que ela quer ser quando crescer, se esse é o fim do jogo ou apenas um trampolim, e se está nervosa ou assustada ou animada ou talvez todas as opções. Então percebo que nem eu mesma saberia as respostas se essas perguntas fossem feitas para mim.

Minha professora de história favorita do ensino médio me disse uma vez que era um erro tomar decisões com base no que eu não sou. Ela disse que é muito mais fácil para um grupo de pessoas se unir em seu ódio compartilhado por algo do que se unir pelo amor a algo ou alguém. Mas, no final, o grupo unido pelo ódio seria sempre mais fraco.

Agora entendo que o argumento dela era que o amor é sempre mais forte. Só que esse lance de amor, especialmente de amar a si mesma por quem você é... É mais difícil do que se odiar por quem você não é. Especialmente quando você tem dezoito anos. Eu sei que não me encaixava. Eu sei que era odiada, ou pelo menos incompreendida — mais por quem eu *não* era do que amada por quem eu *era*. E o que quero dizer à Maria, o que quero dizer a mim mesma, é que espero fazer mais do que apenas me encaixar aqui. Espero *pertencer*. Espero ser amada.

Pra variar.

Estou remexendo meus artigos de higiene, fazendo alguns preparativos de última hora para amanhã, até que não aguento mais.

— Muita gritaria hoje — falo com as costas viradas para Maria. Não quero vê-la irritada comigo por tentar falar com ela. Quando o silêncio na sala se estende por meio segundo, eu me forço a me virar. Maria está mastigando a ponta da caneta, olhando para mim. O rosto dela está… sei lá… Ainda não a conheço o suficiente para ler sua expressão.

— Sim — ela responde por fim. *Beleza.* Forço um sorriso e aceno com a cabeça. — Pronta para apagarmos as luzes? — pergunto, morrendo lentamente por dentro. Maria concorda, coloca o diário e a caneta em sua mesa e desliza para debaixo das cobertas. Ela se vira e se contorce, como se estivesse tentando ficar confortável. Então…

— Manda ver.

Apago a luz e sigo para a cama como um Frankenstein, arrastando os pés pelo chão do dormitório escuro, tomando cuidado para não resvalar ou bater em nada no caminho. Parece que a jornada do interruptor até a cama leva quase uma hora. Finalmente, me enfio na cama, me acomodo no meu lado esquerdo, como sempre, e tento afofar o travesseiro fino debaixo da cabeça. O silêncio preenche o cômodo enquanto lamento o dia em que decidi dizer alguma coisa e não apenas fingir naturalidade. Quando é que vou aprender?

— Hoje foi o melhor dia da minha vida — Maria afirma, cortando o silêncio ensurdecedor. Sua voz é calma e clara. Sorrio tanto que seria possível ver meu sorriso do espaço.

— Pra mim também.

— Boa noite, Danvers.

— Boa noite, Rambeau.

P-51D Mustang, Piper Saratoga, Beechcraft, Cessna, Marchetti…

CAPÍTULO 3

Ainda está escuro lá fora, e acordo com Maria amarrando seus tênis.

— Perdi o toque da alvorada? — eu meio que grito, procurando freneticamente o relógio, já em pânico. Quando por fim o encontro, vejo que são três e meia da manhã.

— Não, você ainda tem uma hora — diz ela, colocando o outro tênis.

— Você vai correr? — pergunto. Mesmo no escuro, posso vê-la olhar para mim com aquela inclinação de cabeça. Percebo que minha pergunta é, na melhor das hipóteses, óbvia e, na pior, absolutamente estúpida. — Certo. O que eu queria dizer era... eu queria... Posso ir com você? Quer companhia?

— Se você ficar pronta em sete minutos, pode se juntar a mim, Danvers — diz ela, amarrando o outro tênis. Fico na vertical e arrumo a cama usando uma régua e uma concentração hiperfocada.

Enquanto arrasto o tênis para fora do armário, a multa que recebi da policial estadual Wright escapa da mochila e cai no chão. Maria a pega e a devolve para mim com uma pergunta no rosto, a qual ela não dá voz. Pego a multa, enfio-a de volta na mochila, sento na cama e começo a amarrar meus tênis.

— No caminho para cá, tive um pequeno desentendimento com as autoridades — digo, terminando de amarrar um tênis. Maria espera. — Mas a policial me deixou partir com um aviso. Ou um conselho. "Permita-se aprender." Ela escreveu isso na multa, então acho que eu deveria… sabe, me lembrar disso.

— "Permita-se aprender"? — pergunta Maria.

— Sim, isso…

— Tipo… sobre você mesma?

— Hum… Bem, esse é um ângulo que eu nem tinha considerado — digo, balançando a cabeça.

— E quais ângulos você considerou? — Maria questiona enquanto caminhamos em direção ao centro de treinamento. O ar da noite é silencioso e tranquilo ao nosso redor.

— Eu imaginei que ela estava falando de coisas da Força Aérea. — Nos posicionamos na pista e começamos nossos alongamentos. Do outro lado, dois cadetes de outra esquadrilha também estão se alongando.

— Coisas da Força Aérea? — Maria pergunta, sem conseguir disfarçar um sorriso.

— Esse é o nome oficial, não? — solto uma risada.

— Oh, definitivamente. Acho que vi em um cartaz no centro de recrutamento. — Maria estende a mão para o céu e depois arqueia o braço enquanto fala. — "Mire direto para o céu e aprenda coisas da Força Aérea!" — Desmorono em risadinhas quando toco os dedos dos pés, sentindo um bom alongamento nas costas.

— Você praticava corrida de atletismo no ensino médio? — pergunto, com a voz um pouco cortada porque dobrei o corpo sobre mim mesma.

— Um pouco — Maria responde, mas, com seu meio-sorriso, entendo que "um pouco" é provavelmente o eufemismo do século. — E você?

— Um pouco — repito depois dela. Agora ela sorri totalmente, pulando no ar algumas vezes, enquanto sua respiração agita o ar entre nós.

Nosso ritmo é confortável. Nenhuma de nós quer se esgotar antes da primeira avaliação física da manhã. Seremos cronometrados em uma corrida de dois mil metros, um minuto de flexões, um minuto de abdominais e um minuto de barras.

Quando fazemos a primeira curva, a batida de nossos passos parece quase meditativa. Eu não me importaria de começar todas as manhãs assim. Com a normalidade silenciosa de mais um dia correndo e sentindo o ar matinal, como eu costumava fazer antes. Eu nem tinha imaginado corridas matinais como uma possibilidade na minha nova rotina, na minha nova *versão*.

Eu pensei que teria de deixar tudo o que me definia para trás. Pensei que seria mais forte sem a bagagem do passado. Como uma casa condenada que foi demolida, e agora está pronta para abrir caminho para uma nova casa mais extravagante. Uma casa melhor. Por que nunca me ocorreu que o que me trouxe aqui poderia ser a mesma coisa que me faria bem?

Respirando fundo pelo diafragma, penso sobre as palavras da policial estadual e da interpretação de Maria: *Permita-se aprender.* Por que não pensei que essas palavras poderiam se referir também ao aprendizado sobre mim mesma? Não para me reconstruir ou construir uma *nova versão*, mas para descobrir mais a respeito da minha verdadeira identidade. Pensei que, para me tornar a primeira pilota de caça da Força Aérea, eu teria que me tornar outra pessoa. Mas sou capaz de muito mais. Estou começando a pensar que é *esta* eu que fará história.

Sinto-me mais forte do que nunca quando damos outra volta. Mantemos o mesmo ritmo dos dois cadetes da outra esquadrilha, um homem e uma mulher. Aposto que eles pensaram que poderiam nos alcançar, mas parece que estão prestes a ficar para trás. Maria e eu trocamos um olhar de cumplicidade quando os ultrapassamos na perna final da volta. Fazemos questão de parecer o mais esgotadas possível, enquanto diminuímos a marcha para um trote durante o desaquecimento.

De forma lenta e convicta, o resto da turma começa a se direcionar para o centro de treinamento. Nos juntamos a nossa esquadrilha. Aquecimentos, mais gritos, e então estamos todos prontos para nossa primeira avaliação física.

Estou começando a memorizar alguns sobrenomes dos meus colegas cadetes. Bianchi é — ou acredita ser — o líder. Esguio e naturalmente atlético, a confiança escorre dele. Sua pele cor de oliva, suada e sem manchas, ressalta o que antes era uma grossa mecha de cabelos pretos e ondulados, e ele empunha seus profundos olhos azuis como se fossem rodas de um trator. Apenas um dia depois, Bianchi já tem outros dois aviadores, Del Orbe e Pierre, seguindo-o por aí. Percebo que ele está tentando calcular onde Maria e eu nos encaixamos em sua pequena hierarquia. Ele ainda parece incerto. Espero oferecer-lhe alguma clareza sobre esse ponto em um futuro muito próximo.

Os cadetes da outra esquadrilha que estavam na pista conosco esta manhã são Johnson e Noble. Noble é uma das duas mulheres da sua esquadrilha. Eu me pego armazenando todos esses nomes e possíveis alianças, hábitos e características no fundo da mente, como se fossem parte de algum algoritmo elaborado em uma lousa. Coletar dados sobre essas pessoas me faz sentir, ainda que falsamente, mais no controle.

Procuro ficar perto de Maria. E acho que não estou errada em acreditar que ela está fazendo o mesmo comigo.

Esquadrilhas após esquadrilhas são chamadas e avaliadas. A nossa é a próxima. Os oficiais Chen e Resendiz nos reúnem e dão as instruções do que vai acontecer. Quando as avaliações começam, inicia-se também a competição entre os cadetes. Flexões cronometradas. Abdominais cronometradas. Barras cronometradas. Na corrida de dois mil metros, Maria, Bianchi, Pierre e eu lideramos. Pierre e Bianchi foram melhor nas barras, mas Maria consegue mais flexões que ambos, e eu, mais abdominais. Enfim, nos posicionamos na linha de partida. Nenhum de nós se olha, apenas miramos em frente, visualizando o objetivo final.

Tiro!

Todos disparamos. Corro o mais rápido que posso e ultrapasso Pierre. Minha respiração é fácil e minhas pernas nunca se sentiram mais fortes. O caos e a loucura desaparecem, e me pego sorrindo e quase gargalhando quando estou à frente do pelotão. A medição dos lençóis, a dobra milimétrica das toalhas, as declarações dos relatórios e todo o resto ficam em segundo plano enquanto eu me afasto. Penso em todas as coisas que não consigo controlar, em tudo o que não conheço… eu correndo a toda velocidade nesta pista não é uma delas. Não sei quem está atrás de mim ou quão perto está, mas, depois de três voltas, não ouço nada além do meu próprio passo e minhas exalações constantes. Quando alcanço a linha de chegada, não consigo evitar o sorriso. Desacelero para um trote e depois paro completamente, me inclino e descanso as mãos nos joelhos enquanto recupero o fôlego. Faltam mais dois segundos para Maria me alcançar na linha de chegada. Bianchi e Pierre terminam em terceiro e quarto. Ambos estavam meia volta atrás de nós duas. Maria caminha até mim com as mãos nos quadris.

— Então você corre um pouco, né? — Maria diz, rindo.

— Sim, bem, você também — respondo, me endireitando.

— Não sei do que gostei mais: das outras esquadrilhas nos vendo chegar em primeiro e segundo lugar, ou do momento em que Bianchi percebeu que tinha perdido — fala Maria, hesitante, enquanto recupera o fôlego.

— Você também cronometrou? — pergunto, mergulhando a voz em um sussurro baixo.

— Caras como Bianchi não valem nada — diz Maria. Ela finge um bocejo gigante. — Chato.

— Ele pode ser chato o quanto quiser, contanto que não fique no meu caminho. Vou me tornar uma pilota de caça de combate — digo, em um tom cantado e descuidado.

E então tudo acontece muito rápido. Vejo o rosto de Maria se iluminar com minhas palavras e imediatamente se desmanchar quando seu foco desvia para algo — ou, para ser mais exata, para alguém — bem atrás de mim. Levo uma fração de segundo para me virar e perceber que eles ouviram. Bianchi, Pierre e Del Orbe, que também terminaram a corrida, me ouviram dizendo algo que eu nunca disse em voz alta até este momento.

— Mulheres não pilotam em combate, Danvers — diz Bianchi.

— Ainda — retruco.

— Agora é realmente o momento para dizer às mulheres o que elas podem ou não fazer? — Maria pergunta, colocando-se entre Bianchi e mim. — Porque eu poderia jurar que hoje de manhã você estava falando sobre como as mulheres terminariam... como era mesmo?

— Uma volta atrás — Pierre conclui. Bianchi dispara um olhar para ele.

— Uma volta atrás — Maria repete.

— E quem foi que ficou uma volta atrás? — pergunto, coçando a cabeça de forma dramática para enfatizar. Bianchi vem até mim. Está perto. Ergo meu queixo em desafio e não vacilo.

— Você pode chegar em primeiro no que quiser, Danvers. Eu ainda vou poder ser um piloto de caça, e você não. — A voz de Bianchi é um sussurro melódico. Ele se inclina para mais perto. — Parabéns.

— Danvers! Bianchi! Sentido!

Todo o nosso grupo entra em ação, à medida que os oficiais Chen e Resendiz reúnem nossa esquadrilha para nos conduzir de volta aos dormitórios. Precisamos tomar banho antes do café da manhã e começar um dia cheio de instruções, aulas e gritos por coisas que eu achava que sabia fazer, como colocar os braços no lugar certo conforme caminho.

Meu corpo está tenso e duro enquanto espero instruções. Estou trincando os dentes e minha pulsação é ensurdecedora, batendo dentro da minha cabeça.

Você pode chegar em primeiro no que quiser, Danvers. Eu ainda vou poder ser um piloto de caça, e você não.

Marchamos para o café da manhã em perfeição sincronizada. Minha própria precisão está sendo alimentada por uma raiva mal reprimida quase apocalíptica. Quando chegamos a Mitchell Hall, minha linha de visão é apenas a nuca e os ombros da pessoa a minha frente. Maria e eu nos posicionamos na fila, e estou fervendo.

— Você realmente quis dizer o que disse? — Maria pergunta baixinho. Avançamos na fila, empilhando frutas e carboidratos complexos na bandeja para nos reabastecermos para o dia.

— Sobre o quê?

— Que você quer pilotar caças de combate?

— Sim. — Eu engasgo, e posso ouvir o desespero e a frustração na minha voz. — É tudo o que eu sempre quis. — Fecho os punhos e sinto a tensão em meus ombros aumentando, aumentando, aumentando. Os olhos de Maria se arregalam, como se ela pudesse sentir a tempestade iminente. Ela me oferece um pãozinho de sua bandeja.

— Grite. Eu costumo usar um travesseiro, mas... este é um momento de desespero. É o que eu faço quando tenho que lidar com caras como Bianchi. — Pego o pão de Maria, aproximo-o do meu rosto e dou uma mordida gigante. Ela gargalha.

— Obrigada — agradeço de boca cheia.

— Está se sentindo melhor?

— Não.

— Porque ele está certo?

— Sim.

Nós duas olhamos adiante.

— Talvez não — digo. Maria me encara. — Pilotos são ranqueados com base em suas habilidades de voo, liderança e capacidade de adaptação. Os melhores pilotos recebem as melhores tarefas. Podemos escolher entre bombardeiros, aviões de reabastecimento, aviões de grande porte, helicópteros...

— E caças.

Assinto.

— Se formos as duas primeiras da turma e entrarmos no programa de aeronaves... sei lá... talvez tenhamos uma chance.

— Os Flying Falcons — Maria pronuncia, tomando uma colher de mingau de aveia.

— O que são os Flying Falc...

Nossa conversa é interrompida quando um dos cadetes se materializa sobre Maria, gritando sobre ter modos à mesa e sobre mastigar demais. Todos nós sabemos por que eles são tão severos nas semanas iniciais do Curso Básico. Não se trata de dar destaque a infrações minúsculas, mas de condicionar disciplina e desempenho sob pressão e manter a cabeça no lugar enquanto você segue as ordens. Se conseguir ficar tranquilo quando alguém está berrando que sua continência deve vir de um lugar e não de outro e mandando você repetir o gesto inúmeras vezes, provavelmente você estará mais bem preparado para fazer o que precisa ser feito quando houver vidas em risco. Sempre há um cenário maior a ser considerado.

É só no final do dia, ao finalmente retornarmos ao dormitório, que Maria e eu pudemos retomar a conversa. A porta se fecha atrás de nós, e Maria começa a vasculhar, apressada, a papelada de orientação cuidadosamente organizada em sua mesa. Então, ela puxa um panfleto com um floreio vitorioso.

— Os Flying Falcons. — Maria empurra o papel para mim e bate as mãos nos quadris, triunfante, enquanto eu leio.

— "Os Flying Falcons são um esquadrão aéreo de elite de nove integrantes que fica na Academia da Força Aérea dos Estados Unidos. Fundado em 1963, o esquadrão Flying Falcons compete com outros esquadrões intercolegiais para promover o legado de grandeza da Força Aérea e demonstrar que o céu não tem limite. Sonhe alto!"

— Qualquer um pode se inscrever — Maria fala, pegando o panfleto de volta.

— Até mulheres?

— Sim. — Maria folheia as páginas. — Quero dizer… pelo menos aqui não diz que não podemos.

— E você acha…

— Que podemos ser as duas melhores da nossa turma, que podemos entrar no programa de aviadores *e até* nos Flying Falcons? — Maria termina minha linha de pensamento enquanto conta cada um dos itens do que está rapidamente se tornando nossa lista de tarefas compartilhadas para o ano. Seus três dedos levantados pairam no ar entre nós.

— Como eles poderiam negar? — pergunto.

— Não poderiam.

— Vão tentar — digo.

Os olhos de Maria brilham.

— Deixe que tentem.

CAPÍTULO 4

Incontáveis horas lavando latrinas.

Um número incalculável de flexões.

Avaliações sem fim e ordens aos berros.

Manhã após manhã arrumando minha cama com a mesma precisão.

Dias amaldiçoando aquele pedaço de poeira na prateleira superior que me rendeu uma repreensão severa na primeira inspeção do dormitório.

Dias memorizando todos os pontinhos dos rostos de Chen e Resendiz para descobrir se aquele tremor nos olhos é bom ou ruim.[1]

Maria e eu continuamos a correr de madrugada. E mesmo que Pierre se junte a nós de vez em quando, a campanha de Bianchi segue firme.

Sua cruzada vem à tona durante a terceira semana de aula de Introdução aos Combativos da Força Aérea, quando Bianchi e eu temos que fazer dupla. A partida termina no momento em que ele sai pisando duro, depois de ser forçado a admitir que eu venci. Estamos nos sentando ao longo da parede quando ele

---

1 É ruim.

volta para a academia, e tento argumentar com ele. Acho que, se conversássemos, ele veria quanta energia está desperdiçando em cultivar uma inimizade comigo e com Maria. Ele vai se tocar com certeza.

— Estamos todos do mesmo lado aqui — digo, oferecendo-lhe uma toalha.

— Não preciso desse tipo de papo vindo de você — ele provoca.

— Então do que você precisa? — Eu realmente quero saber. Ele faz uma negativa com a cabeça. — Você acha que seria melhor eu te deixar vencer?

— Ninguém me deixa vencer.

— Fala sério.

— Eu venço pelos meus próprios méritos. — Arqueio uma sobrancelha. Ele cerra os dentes. — Não aqui especificamente, mas no passado… Você entendeu o que eu quero dizer.

— Por que isso importa tanto pra você?

— Por que isso importa tanto pra *você*? — Bianchi dispara de volta.

— Porque, diferentemente de você, alguns de nós têm muito a provar. — Nós observamos Maria prendendo Pierre no chão, envolvendo o pescoço dele com as pernas. A partida é encerrada. — Não estou dizendo que você recebe as coisas de mão beijada, vejo como você se esforça. Mas imagine como seria se esforçar tanto, ser boa, e ainda assim não ser considerada para um combate.

Bianchi se recosta contra a parede, suspirando.

— Não é pessoal, Danvers.

— Com certeza parece ser pessoal.

Quando Bianchi fica quieto, penso em um milhão de respostas melhores. Argumentos inteligentes e esclarecedores que o farão entender como é ser excluído de algo que está garantido para os outros. No final, Bianchi e eu apenas ficamos sentados em silêncio até a hora de sair. E então nunca mais falamos sobre isso.

Mas mesmo com as brigas com Bianchi, as latrinas sujas, as flexões, a maldita poeira em toda parte, os xingamentos, as repreensões, as voltas ao redor da pista e os julgamentos frios dos outros homens de nossa esquadrilha — que, embora não fossem do nível de Bianchi, não eram exatamente acolhedores —, Maria e eu encerramos todos os dias conversando sobre uma vida nas nuvens como pilotos de caça da Força Aérea dos Estados Unidos. Isso nos mantém no caminho, nos mantém fortes e focadas.

Mais importante, isso nos mantém sonhando.

No café da manhã, Maria abaixa a bandeja na minha frente. O resto da esquadrilha está distraído papeando enquanto ela toma o primeiro gole de café. Agito meu chá agora morno na caneca e espero para bombardeá-la com tudo o que aprendi. Maria desembala um bolinho, dá uma mordida e fecha os olhos em êxtase. Eu seguro uma risada. É incrível como a comida geralmente mediana do refeitório se torna deliciosa quando seu corpo está sempre desejando calorias graças ao esforço físico sem fim.

É o último dia do primeiro ciclo do treinamento básico. Amanhã partimos para Jacks Valley. As três semanas que ficaremos na natureza farão com que essas primeiras quatro semanas do básico pareçam o jardim de infância.

Mal posso esperar.

Mas hoje é Dia de Campo.

Hoje é o dia em que nossa esquadrilha junta forças com os veteranos para finalmente formar um esquadrão completo. Depois disso, todos os esquadrões competem entre si em eventos que variam de clássicos cabos de guerra, corridas de obstáculos e corridas de revezamento, até levantamentos de troncos e corridas de longa distância. Com as arquibancadas cheias das famílias dos cadetes e os principais oficiais da Força Aérea, esse é um dia para extravasar um pouco, nos divertir e mostrar a todos do que somos feitos.

— Vou sentir falta desses bolinhos quando partirmos — Maria lamenta. Espero três segundos inteiros. E, sim, mereço uma medalha.

— Jenks é o encarregado dos Flying Falcons — digo, deixando escapar as informações que levei semanas para conseguir.

— O cara que disse que deixam qualquer um entrar hoje em dia?

— Ele mesmo.

Ela bufa.

— Bem, isso é inconveniente.

— Sim, mas e se ficarmos em primeiro lugar no Dia de Campo? Ganharíamos o Esquadrão de Honra e…

— Se ganhássemos o Esquadrão de Honra, não mudaríamos o que esse cara pensa — Maria me interrompe. Ela abaixa o bolinho e limpa as migalhas da ponta dos dedos.

— Quem sabe poderíamos influenciá-lo? Mudá-lo só um pouquinho?

Mas Maria já está balançando a cabeça.

— Se pretendemos ganhar o Esquadrão de Honra, precisamos fazer por nós mesmas.

— E talvez… tipo vinte por cento pra esfregar no nariz de Jenks — choramingo.

— Vinte por cento?

— Só vinte por cento — confirmo. Maria concorda com a cabeça enquanto toma um gole de suco de laranja.

— Então, Jenks vem nos dar os parabéns pela grande vitória com dentes cerrados e dizemos: "Olá, oi, sim, capitão Jenks. Nós, integrantes do *Esquadrão de Honra* e números um e dois dessa turma de cadetes, respectivamente"...

— "Respectivamente" — ecoo.

— "... gostaríamos muito de nos inscrever no esquadrão de elite de nove integrantes Flying Falcons, e, ao fazê-lo, talvez nos tornemos as primeiras mulheres a voar em combate".

— "Fazê-lo"?

— Acabei me empolgando, você poderia... me deixar em paz? Até que soa bem.

— Fazê-lo — confirmo.

— Mas, para ganhar o Esquadrão de Honra, precisamos re-unir as tropas. — Meus olhos saltam para Bianchi, Pierre e Del Orbe. Maria lustra o último pedaço do seu amado bolinho.

— Eles virão. Vitória é vitória.

Nosso esquadrão é o Agressores. Vestimos camisetas azuis--claras para as festividades de hoje, atribuídas ao grupo pelas autoridades. À nossa volta, os outros esquadrões se preparam para as cerimônias de abertura: os Bárbaros de laranja, os Co-bras de roxo, os Demônios de verde, os Carrascos de azul--escuro, os Tigres Voadores de vermelho, os Corajosos de mar-rom, e os Linces de amarelo.

Os COs Chen e Resendiz nos mostram como será o dia de hoje e nos lembram de quais eventos vamos participar. Fui colocada na corrida de obstáculos, que envolve muitos obstá-culos e saltos na água, e Maria ficou com a corrida de longa distância. Ela também ficou com o cabo de guerra. Pierre e Del Orbe vão carregar troncos, e Bianchi e eu fazemos parte da corrida de revezamento. Somos um esquadrão grande, e é um reconhecimento das minhas habilidades e das de Maria termos sido alocadas em tarefas tão importantes.

Enquanto nos preparamos para a cerimônia de abertura, Maria e eu puxamos Bianchi, Pierre e Del Orbe de lado.

— O que foi? — Bianchi pergunta.

— Queremos vencer hoje — digo.

— Assim como a gente — Del Orbe replica.

— Sim, mas temos um probleminha com trabalho em equipe — continuo.

— Você percebe aonde queremos chegar com isso? — Maria pergunta.

— Vocês querem que a gente seja legal — Pierre responde.

— Se vencermos, todos venceremos. Se perdermos…

— Não precisa fazer essa pausa dramática — Bianchi diz quando eu faço uma pausa dramática. — Já entendemos.

— Trégua? — Maria pergunta. Bianchi, Pierre e Del Orbe se entreolham.

— Sim, está bem — diz Bianchi, enquanto Pierre e Del Orbe assentem em concordância.

— Ótimo — digo, mas meus olhos continuam presos em Bianchi.

Faz-se um silêncio, e então:

— Você quer que eu diga? — Bianchi indaga.

— Um pouquinho — admito.

— Fala logo, cara — Pierre diz para Bianchi.

Bianchi estende a mão para Maria.

— Trégua — diz ele. Eles dão um aperto de mãos.

— Trégua — Maria fala.

— Agora eu — digo, estendendo minha mão. Bianchi só consegue balançar a cabeça.

Ele pega a minha mão e fala:

— Trégua.

— Trégua — repito.
— Trégua — Del Orbe fala para Maria.
— Trégua — Maria repete.
— Trégua — digo para Pierre.
— Chega. Isto é… ridículo — interrompe Bianchi, mas um pequeno sorriso se insinua em sua boca.
— SENTIDO! — grita Chen, e nos espalhamos.

Nosso esquadrão se destaca quase imediatamente. Onde quer que eu olhe, uma camiseta azul-clara está alcançando, ultrapassando e se distanciando de todos os outros concorrentes. Não é só nossa velocidade — há uma sinergia no nosso time: fluxos e refluxos tácitos, capturas e arremessos, e sobretudo uma compreensão de como trabalhamos juntos, em vez de como podemos ganhar separadamente. Por fim, nossos egos ficaram para trás, enquanto levamos nossa equipe mais alto, mais longe e mais rápido que os outros.

Agora que conheço Bianchi, Pierre e Del Orbe um pouco melhor, entendo por que eles são amigos. Este é um lugar difícil para se estar sozinho, e faz sentido que eles se unam para antagonizar — e atacar — Maria e eu. Mas, exatamente como meu professor de história disse, esse vínculo baseado em um ódio compartilhado é fraco. Na quarta semana, Pierre já estava se distanciando do grupo. E agora parece que há uma leveza entre nós. Não permitimos que nossas diferenças nos dividissem e a desconfiança se instalasse, e nos fortalecemos deixando de lado os desentendimentos e nos unindo no amor compartilhado pelo jogo e no desejo de vencer.

No extremo oposto do espectro, vejo Johnson gritando ordens para seu esquadrão Demônios, tentando controlar tudo e então decidindo que vai trabalhar sozinho, estragando o espírito do dia. Seu esquadrão fica progressivamente para trás, sobrecarregado com o peso de sua animosidade.

Quando chegamos aos eventos finais, nosso esquadrão está na liderança. Com folga. Aparentemente, essa reviravolta desequilibrou Johnson ainda mais. Se é que isso é possível.

Enquanto Bianchi e eu estamos caminhando para a pista de revezamento, Johnson não aguenta mais ficar calado sobre todas as muitas injustiças em sua vida que o levaram a hoje.

— Você não devia estar jogando softball? — ele zomba de mim, aproximando-se. — Talvez patinação no gelo?

— Por quê? Quer perder nesses esportes também? — Ouço Bianchi soltar logo atrás de mim. Nos apressamos e continuamos em direção à linha de partida.

— Era assim que eu era? — Bianchi pergunta, perto da linha de partida.

— Como se fosse há muito tempo — brinco. Bianchi fica em silêncio. — Oh, você está perguntando de verdade?

— Estou perguntando de verdade.

— Eu trabalhava meio período como garçonete em uma pequena lanchonete lá na minha cidade…

— Não consigo decidir se você seria uma garçonete horrível ou ótima — Bianchi interrompe.

Eu o fustigo com os olhos.

— Não mude de assunto. — Bianchi levanta as mãos em sinal de rendição. — Como estava dizendo, eu era garçonete. E sempre tinha um bebê chorando lá. Sabe o que o fazia parar de chorar?

— Comida? Colo?

— Não. Quando outro bebê começava a chorar mais alto. Bianchi faz uma careta.

— Então eu sou o primeiro bebê chorão nessa história.

Sorrio de volta para ele.

— Bem, sim, mas você está perdendo o ponto! Eles param de chorar porque, quando conseguem se ouvir, quando realmente se veem, eles param.

Bianchi me olha com ceticismo.

— Isso é científico, Danvers, ou conjectura?

— Ei, não sou cientista, mas, na lanchonete, minha teoria nunca falhou. — Dou de ombros.

A sobrancelha de Bianchi franze em reflexão, enquanto atravessamos a multidão agrupada em torno da linha de partida.

— E eu era uma ótima garçonete. — Dou-lhe uma ombrada de leve.

— É claro que era — diz Bianchi, revirando os olhos. Mas funciona; seu humor está bem melhor quando nos juntamos aos veteranos do nosso esquadrão. Sou a única mulher. Eles estão definindo as tarefas com base em nossos tempos de avaliação.

— Estou tentando decidir se você vai abrir ou fechar o revezamento — o veterano no comando fala para mim.

— Fechar — digo com confiança. O veterano assente e prossegue atribuindo o restante das posições. Olho para as arquibancadas e encontro Jenks quase imediatamente. Ele está aqui assistindo. Bom.

A corrida começa. O veterano no comando dispara na largada. Ele faz a curva, a corrida está apertada. Quando vai passar o bastão, nosso time está em terceiro, bem próximo dos líderes. A passagem é suave e nossa segunda perna está indo bem. Bianchi se prepara para a terceira passagem. Eu posso sentir Johnson observando e descobrindo que sou eu, e não Bianchi, quem vai encará-lo na perna final. O segunda corredor entra e passa para Bianchi. Me preparo na linha de partida.

— Boa sorte — Johnson diz, incapaz de se segurar, seu tom cheio de desprezo. Estou quieta, concentrada. — Danvers, eu te desejei boa sorte — repete, um pouco mais alto, mas eu o ignoro. Bianchi está nos colocando em segundo lugar, logo atrás do time de Johnson.

Johnson e sua provocação desvanecem quando Bianchi faz a curva. Ele me olha bem nos olhos, e de repente o bastão está quente na minha mão. Então somos só eu e a pista. Ultrapasso Johnson facilmente. E me permito um pequeno sorriso quando o deixo para trás. Embora eu goste de respostas sagazes, na maioria das vezes as ações realmente falam mais alto que as palavras.

Esta não é uma daquelas corridas de tirar o fôlego, em que explodo no último momento. Nem de longe. Depois de ultrapassar Johnson, termino em primeiro com folga.

Os Agressores ganham o Esquadrão de Honra. E por alguns breves instantes, não há gritos, exercícios, marchas e arrumações milimétricas. Temos permissão para conversar, rir e nos parabenizar. Bianchi e eu trocamos um sorriso genuíno. O dia está lindo e claro, e é gostoso sentir o sol no meu rosto.

Examino o grupo de dignitários da Força Aérea enquanto eles percorrem a multidão, cumprimentando cada integrante do Agressores. Jenks é o último, ficando para trás e se demorando à vontade. Olho para Maria. Ela também o observa. A conversa entre os VIPs e os Agressores é casual pela primeira vez. Estamos relaxados, e, durante esse curto período de comemoração, não há *sim, senhor* ou *não, senhor*. É de fato uma oportunidade única.

Jenks estende a mão para mim. A princípio, a lembrança do nosso encontro não aparece em nenhum lugar do seu rosto, mas depois… eu o vejo lembrar. Sua expressão se esvai de qualquer civilidade enquanto ele caminha em direção a Maria sem dizer uma palavra.

— Você foi muito bem lá, Rambeau — ele diz.

— Obrigada, senhor.

— Fiquei particularmente impressionado com a sua liderança no cabo de guerra. Vi você reposicionar os membros da sua equipe logo no início. Não consegui ouvir as suas ordens, mas elas devem ter sido bem diretas — Jenks continua.

— Nosso time deu tudo de si, senhor — Maria responde. Jenks sorri e está prestes a ir embora. — Senhor, a respeito dos Flying Falcons… — Ela me indica com a cabeça. — Ouvimos que o senhor está no comando.

— Sim?

Maria endireita os ombros.

— Bem, gostaríamos de nos inscrever.

— A prova dos Flying Falcons é aberta para todos… — Jenks espera apenas o tempo suficiente para Maria e eu compartilharmos um olhar de animação, antes de acrescentar: — … que tiverem brevê de piloto particular.

— Brevê de piloto particular? — Maria questiona.

— Presumo, então, que você não tem? — ele pergunta; a condescendência em seu tom é quase imperceptível.

Quase.

— Não, senhor — Maria responde. Jenks desliza seu olhar para mim.

— Não, senhor — repito.

— Que pena. — Jenks sorri.

— Sim, senhor — Maria diz, sem emoção.

— Mas levantem a cabeça. — Maria e eu nos endireitamos. — Os Flying Falcons sempre precisam de apoio. — Jenks faz uma pausa. Esperamos. — Do solo.

— Sim, senhor — Maria diz com firmeza.

Jenks nos lança um último sorriso de lábios fechados e sai do campo com o resto dos superiores.

— "Do solo" — repito lentamente as palavras dele.

— O panfleto não dizia nada sobre brevê de piloto particular. — Maria está fumegando.

— O que vamos fazer? — pergunto.

— Não sei.

Maria e eu ficamos em silêncio; a vitória do dia empalideceu com a grande decepção deste momento.

Estamos perdidas em pensamentos, procurando uma resposta no horizonte, a ponta de uma ideia ou talvez até um brevê de piloto particular. De vez em quando, balançamos a cabeça em frustração. Cerramos os dentes, colocamos as mãos nos quadris e depois os largamos e bufamos. Maria para bem na minha frente.

— Vamos dar um jeito — digo, tentando nos animar. Ela faz que sim.

E então um sorriso largo e combativo surge em seu rosto.

— Sempre damos um jeito — ela afirma.

CAPÍTULO 5

— O que você está tentando provar?

— Você não vai durar uma semana!

-— Você não deveria estar aqui!

Estamos no meio do segundo treinamento básico em Jacks Valley. Estou rastejando sob o arame farpado, de costas, com a arma na mão, e não consigo mais me lembrar de uma época na minha vida em que não estivesse coberta de lama.

Percorremos o curso de assalto e competimos contra outros cadetes com bastões acolchoados. Aprendemos primeiros socorros básicos, que utilizo quase imediatamente quando pulo, caio e vou parar na pista de obstáculos. Somos treinados para usar nossos fuzis M16 e para nos tornarmos muito bons em segurar as armas sobre nossas cabeças por longos períodos de tempo.

Tento atravessar um lago me balançando em uma corda, mas erro. Tento de novo e erro por pouco. Tento de novo, enrolando os dedos na corda apenas o suficiente para me queimar com a fricção, o que me faz cair, pela terceira vez, na água gelada.

Consigo escalar com sucesso um muro de dois metros. Depois de sete tentativas.

Nossa esquadrilha está prestes a conseguir excelência no segundo treinamento básico (para somar à comenda de Esquadrão de Honra). Maria e eu planejamos ganhar todos os prêmios, sendo oitenta por cento para nós, e vinte por cento para esfregar no nariz de Jenks.

Para ser sincera, depois daquele encontro no Dia de Campo, acho que ficou setenta por cento versus trinta por cento.

Esse plano depende de conseguirmos o Warhawk, prêmio concedido apenas aos novatos que atingem o mais alto nível físico e que, depois, devem abaixar a cabeça em solenidade ao receber sua Distinção Honrosa.

Minha cama é pequena e fica dentro de uma barraca gigante montada ao ar livre. Fazemos nossas refeições em um barracão Quonset e adormecemos ao som da natureza e dos roncos dos cadetes.

É. Tão. Legal. Não. Consigo. Nem. Acreditar.

Eu me sento com Maria para tomar o café da manhã nas primeiras horas do dia. O ar ao nosso redor é fresco e agradável. Ficamos quietas, olhando para o espaço. Enquanto ela toma um gole de café e suspira, só consigo sorrir. Há uma certa magia nesse momento em que você pode simplesmente ficar em silêncio com alguém que está se tornando uma amiga cada vez mais próxima. Talvez até uma melhor amiga.

Não sei como teriam sido essas semanas sem Maria. Não, eu sei exatamente como seriam essas semanas sem Maria.

Solitárias. Dolorosamente solitárias.

Nunca tive uma amiga como Maria. Quero dizer, eu tenho amigos, mas não podia ser totalmente eu mesma. Na escola, havia o meu verdadeiro eu, e havia a versão que eu apresentava para consumo público. Eu sabia que não estava sendo eu mesma, mas, agora que conheci Maria, não posso acreditar que sobrevivi com tão pouco.

— Não consigo sentir meus braços — Maria reclama.

— Eu só sinto dor, e suponho que a dor esteja onde meus braços estão — respondo, tomando um gole de chá.

Ao longo do segundo treinamento básico, Maria e eu criamos centenas de cenários possíveis para lidar com o contratempo de Jenks – atravessando-o, ultrapassando-o ou mesmo dando uma volta completa nele. Depois de umas pesquisas, descobrimos que é preciso ter quarenta horas de voo e fazer uma prova escrita aplicada pela administração aérea governamental, a FAA, para obter uma licença de piloto. A prova escrita seria moleza, mas quarenta horas de voo? Como poderíamos conseguir isso antes dos testes dos Flying Falcons?

Começamos a compreender que provavelmente não vamos conseguir nos inscrever para os Flying Falcons este ano. Mas, se conseguirmos os brevês de piloto privado durante o verão, podemos tentar os Flying Falcons no ano que vem. Não é o melhor, mas pelo menos agora temos um plano.

De repente, os COs Chen e Resendiz estão pairando sobre nós. Está na hora. Nosso adorável silêncio compartilhado entre amigas terá que ser deixado de lado, porque hoje é o dia que todos os cadetes temem desde muito antes de entrar no campus.

QBRN.

QBRN é tão assustador quanto parece. As letras significam Químico, Biológico, Radiológico e Nuclear. É um exercício em que devemos entrar em uma câmara de gás real sem máscaras de gás, informar nossos relatórios e então sair "calmamente", na esperança de não vomitar ou desmaiar.

Estamos quietos quando chegamos ao local. Recebemos instruções sobre nossos equipamentos de guerra química e percorremos todos os cenários possíveis que nos aguardarão lá dentro. Tentando manter a cabeça no lugar e não ceder ao medo agora violento, sigo o grupo enquanto nos dirigimos para o prédio principal. Ali, observamos esquadrilha após esquadrilha ocupando suas posições na fila.

— Ouvi dizer que o negócio fica cada vez mais forte a cada grupo que entra — Maria sussurra.

Olho para as esquadrilhas que restam. A esquadrilha de Johnson e Noble já está alinhada, enquanto esperamos Del Orbe se preparar. O zíper dele está preso, e Bianchi, seu parceiro, não pode deixá-lo até que tudo esteja bem. E, sem eles, não podemos entrar na fila como uma esquadrilha completa. Finalmente, Del Orbe vence a luta com o zíper, Bianchi nos dá os sinais, e nos alinhamos.

Somos a última esquadrilha a entrar.

Enquanto esperamos na fila, vemos um fluxo de cadetes que já passaram pela câmara de gás saindo pelos fundos do prédio. Seus braços estão estendidos, seus rostos avermelhados estão pingando catarro e lágrimas. De vez em quando, um cadete cambaleia e vomita da maneira mais eficiente possível, tentando não chamar muita atenção para si. Percebo que entrei em um modo que só vi ativo poucas vezes antes: hiperfoco. Todas as minhas células cerebrais estão concentradas em sobreviver aos próximos dez minutos.

Quando eu estava na equipe de corrida, costumava recitar um mantra sempre que minhas pernas ardiam enquanto eu tentava correr mais rápido do que nunca ou bater um novo recorde pessoal: *Consigo fazer qualquer coisa por dez minutos!* Eu o repetia a cada passo, lembrando a mim mesma que qualquer dor que eu estivesse sentindo era temporária.

— Podemos fazer qualquer coisa por dez minutos — sussurro para Maria, a minha frente. Ela não se vira, mas posso vê-la concordar. As portas se abrem, e finalmente somos levados para dentro.

Nossa esquadrilha se alinha em uma parede até que o oficial no comando, no centro do recinto, nos mande dar saltos, ou qualquer outra coisa que aumente nossa frequência cardíaca. Maria e eu corremos no lugar, dando pulinhos de vez em quando. Quase imediatamente, sinto uma queimação ao redor do couro cabeludo, bem onde o suor começou a se formar. A sensação desce para a nuca e para a área ao redor da máscara de gás. À medida que o gás vai preenchendo a sala, minha respiração vai ficando cada vez mais irregular. Tento permanecer calma. Procuro me concentrar na respiração. Em um pé batendo no chão, e depois o outro. Tento me convencer de que a queimação é apenas uma coceira, pois pinica minhas costas, mas está piorando. O comandante ordena que afrouxemos as faixas elásticas de nossas máscaras e nos preparemos para tirá-la. Ele nos instrui a segurar as máscaras no peito, informar nossos relatórios e depois sair calmamente do prédio, com os braços estendidos. Se corrermos, teremos de fazer tudo de novo. Neste momento, o mantra *Não corra* eclipsa o *Consigo fazer qualquer coisa por dez minutos*. Não vou fazer isso de novo de jeito nenhum.

O oficial nos manda tirar as máscaras.

O gás me acerta como uma onda de ácido. Está em toda parte. Pisco repetidamente, tentando não engolir mais gás do que o que já está queimando minha garganta. Aperto a máscara no peito e recito meu relatório com uma voz estranhamente calma. Lágrimas e catarro escorrem pelo meu rosto quando me viro para a saída e sigo Maria para fora do prédio, estendendo os braços conforme as instruções. Uma vez do lado de fora, precisamos dar duas voltas ao redor do prédio. Vejo Pierre se dobrar e vomitar com tanta violência que quase se encolheu de joelhos.

— Você está bem? — Maria tosse para mim quando viramos a esquina na nossa segunda volta.

— Sim — ofego. — E você?

— Foi pior do que pensei — diz ela, piscando e piscando através das lágrimas. Passamos por Pierre novamente, e ele ainda está dobrado sobre si mesmo. Maria e eu olhamos uma para a outra e, no mesmo momento, decidimos ir até ele.

— Vamos lá — digo, apoiando-o pelo lado direito enquanto Maria o levanta pelo esquerdo. Ele grunhe um agradecimento, e o conduzimos até onde todos estão enxaguando as máscaras. A dele deixou uma marca vermelha e brilhante em sua pele amarelada, bem na base do couro cabeludo, e seus olhos castanhos estão avermelhados e cheios de lágrimas. Em suas mãos estão os óculos pretos, agora cobertos de vômito. Ele limpa o nariz, esperando tirar um pouco do ranho. Mas há muito mais.

— Pelo menos isso acabou com meu resfriado — Pierre finalmente consegue falar, enquanto nos sentamos para comer nossas refeições pré-prontas, naquela tarde. Ele respira fundo. — Estou completamente curado.

— Pelo menos acabou — Maria responde, dando um longo gole d'água. — Eu temia isso desde… desde antes de sequer me inscrever na Academia.

— Eu também, Rambeau. Ouvi histórias terríveis — diz Pierre.

— Eu sou Maria. Esta é Carol — Maria fala para Pierre, apontando o polegar na minha direção. — Por falar nisso.

— Garrett — diz ele, rindo. — Eu sequer… Nunca me ocorreu que eu não sabia o nome de ninguém.

— Não é como se a gente se chamasse por nossos nomes — eu digo.

— Né? — Maria concorda.

Bianchi e Del Orbe se aproximam.

— Podemos nos juntar? — Bianchi pergunta, gesticulando para o espaço no chão perto da gente.

Todos assentimos ou mexemos os braços de uma maneira acolhedora. Bem, eu mexo os braços. Não sei mais o que fazer.

— Estávamos falando que não sabemos os nomes de ninguém — conto.

Bianchi dá uma grande mordida na sua comida.

— Não que nós os usemos… — falo.

— Mas pode ser legal saber o nome das pessoas — Maria interrompe. Bianchi e Del Orbe assentem, mas não respondem de imediato.

— Carol — eu me apresento, tomando a iniciativa.

— Maria.

— Eles já sabem o meu. — Pierre toma um gole de água do seu cantil. — Achei que deveria dizer, já que eles me ajudaram no festival do vômito logo depois que meu parceiro me largou.

— Meu nome é Erik — Del Orbe diz, sorrindo. Ele tem as covinhas mais profundas que já vi.

Então todos os olhos estão em Bianchi.

— Tom — Bianchi diz, relutante.

— Que inesperado — Maria retruca, rindo.

— O quê? Por quê? — Bianchi pergunta.

— Você simplesmente… não tem cara de Tom — digo.

— Você tem cara de Brad — Pierre deixa escapar. Todo mundo concorda com a cabeça e ri.

— Brock — Maria diz.

— Chip — eu digo.

— Laaaaaance — Del Orbe fala, sem conseguir se conter. Ele dá uma daquelas grandes gargalhadas soltas, inclinando-se para trás com a boca totalmente aberta.

Bianchi apenas assente, vermelho ao redor das orelhas, enquanto continuamos a provocá-lo.

Finalmente, cansamos da brincadeira e, quando Del Orbe, Pierre e Maria estão conversando sobre a próxima Parada de Aceitação, eu me viro para Bianchi.

— Você não largou Del Orbe — digo. Ele levanta o olhar. — Mais cedo. Quando o zíper dele ficou preso.

— Sou o parceiro dele — ele responde, simplesmente.

CAPÍTULO 6

Vou com Maria para o campo de desfiles, ambas vestidas com o uniforme azul. Fizemos todos os testes e avaliações. Fomos treinadas para marchar na formação em V invertida durante as festividades de hoje, e marcharemos na formação em V invertida tantas vezes quanto nos foi dito: duas vezes em toda a nossa carreira. Uma no dia da Parada de Aceitação, e ao nos graduarmos na Academia da Força Aérea dos Estados Unidos.

Hoje é a primeira vez. Depois de trinta e sete dias de treinamento básico, vou marchar no Desfile de Aceitação e, como cadete de quarta classe, serei finalmente chamada de aviadora Danvers.

Nunca me senti tão orgulhosa em toda a minha vida.

Nos reunimos com o resto da esquadrilha, estou nervosa e empolgada. Entro na Parada de Aceitação de hoje sabendo que fiz o que preciso para me tornar a primeira pilota de caça da Força Aérea. Ou pelo menos uma delas.

Tanto eu quanto Maria somos condecoradas com o Warhawk. Nossa esquadrilha foi apresentada como a Esquadrilha de Honra, distinção recebida no treinamento básico de Jacks Valley. E, dentre todas essas honrarias, Maria e eu fomos escolhidas como duas dos oito cadetes nomeados Formandos de Honra.

Nossos planos de entrar nos Flying Falcons ainda este ano podem nunca dar frutos. E Jenks pode muito bem estar secretamente se divertindo com essa possibilidade. Mas ao menos cumpri minha promessa, pois passei uma parte das festividades de hoje esfregando no nariz de Jenks com sucesso e satisfação nossa excelência (agora bem documentada). Sei que Maria tem razão, e que nada que fizermos será capaz de fazê-lo mudar de ideia, mas isso não significa que vou parar de tentar.

Há uma multidão de famílias de luminares e cadetes da Academia da Força Aérea. Em meio a estrondos e comemorações, cada passo que damos é recebido com soluços e lágrimas de pais orgulhosos, fazendo malabarismos com cartazes e flores para seus cadetes. Olho para a frente, sabendo que minha família não estará entre eles, e me recuso a deixar esse fato abafar a alegria pura do dia de hoje.

Todas as esquadrilhas estão no campo, mas, apesar do grande número de cadetes, o campo é tão enorme que consegue nos fazer parecer pequenos. À medida que a cerimônia começa, somos instruídos a olhar para o céu para observar o sobrevoo de três F-15. Por um breve momento, naquele campo alvejado pelo sol, permito-me fechar os olhos e ouvir o rugido dos motores. É de tirar o fôlego, e é preciso tudo o que tenho para não sorrir.

Algum dia.

Cantamos o Hino Nacional, levantamos a mão direita e fazemos o Juramento de Honra.

Todos os mil cadetes repetem as palavras: *Não vamos mentir, roubar ou trapacear, nem tolerar entre nós quem o fizer. Além disso, escolho cumprir meu dever e viver com honra, por isso, Deus me ajude.* E, assim como quando fiz o Juramento de Alistamento, as palavras ficam presas na minha garganta quando o significado delas me enche de orgulho e propósito. Só que, desta vez, mantenho os olhos bem abertos, e posso passar para o próximo evento sem ser punida por Jenks.

E então, como se estivéssemos marchando pelo campo durante um exercício qualquer, em qualquer outra formação, em uma manhã qualquer, nossas esquadrilhas se juntam à Ala dos Cadetes, formando o que se tornará nossos esquadrões do ano acadêmico.

É difícil me acalmar e digerir o que está acontecendo com toda a pompa e circunstância ao meu redor. Não que eu fosse capaz de entender a magnitude de hoje se estivesse sozinha no meu dormitório.

Por tantas semanas, só me concentrei em lembrar a formação em V invertida, e ir para lá e para cá na hora certa, e fazer a saudação, e estudar para o teste de conhecimentos militares, e trabalhar todas as manhãs para diminuir meu tempo de corrida, e conseguir aquele Warhawk, e assim por diante.

É assim que acontece? Como um sonho se torna realidade? Riscamos itens em uma lista, um de cada vez? Talvez, em vez de escrever um diário como Maria, eu devesse manter um registro de cada lista completada ao longo do caminho. Porque, se a Carol Danvers do passado visse a lista de hoje — *Receber a condecoração Formanda de Honra, Voo de F-15, Entrar para a Ala dos Cadetes* —, ela não acreditaria.

Nos últimos trinta e sete dias, eu me tornei a pessoa que sempre quis ser.

Enquanto marchamos com nossos esquadrões recém--formados, olho rapidamente para a nuca de Maria. Tudo o que eu quero é chamar a atenção dela e depois gritar a plenos pulmões: *CONSEGUIMOS! ESTÁ ACONTECENDO!*

E então olho para Bianchi, Pierre e Del Orbe para verificar como eles estão. Será que estão tão orgulhosos quanto eu? Nervosos e assustados ou aliviados e felizes? Ou talvez tudo ao mesmo tempo? Ou estão apenas tentando não errar o passo e a saudação, torcendo para não suar demais através dos uniformes?

Cada esquadrão conduz a sua própria passagem em revista, eu mal consigo me conter. É a nossa vez, e enquanto meu passo sincroniza com o dos outros cadetes, sinto que todo o treinamento e todos os exercícios valeram a pena. Saudamos o comandante dos cadetes como uma unidade e seguimos em frente.

A cerimônia chega ao fim. Agora, somos cadetes de quarta classe.

Sou a aviadora Danvers.

Os próximos momentos são um borrão de apertos de mão, tapinhas nas costas e abraços apertados. Palavras de sabedoria de despedida dos COs Chen e Resendiz. Procuro Maria no campo, mas Del Orbe envolve Pierre e eu em um abraço estridente, esquecendo todas as formalidades na glória do dia. Há vários parabéns e gritinhos de alegria. Del Orbe arrasta Pierre, e o comboio de dois logo alcança o grupo de aviadores recém-formados.

— Parabéns — diz Bianchi, aproximando-se.

— Parabéns pra você também — eu digo, ainda procurando Maria.

Ficamos em silêncio.

— Eu estava errado — Bianchi diz; sua voz é uma erupção. Paro de observar o campo e me concentro nele. Espero enquanto ele descansa as mãos nos quadris e vasculha a grama, como se estivesse tentando ganhar tempo. Finalmente, ele diz:

— Eu estava errado. — Ele só consegue se repetir.

Bianchi está na minha frente, a própria imagem de contrição. Sinto como se tivesse levado um soco na cara.

— Ah, não — digo.

— O quê?

Balanço a cabeça.

— Estou prestes a ser o primeiro bebê.

— Como...?

— Você tirou sarro de mim... e agora? Estava abrindo seu coração...

— Eu não estava bem me *abrindo*...

— Enquanto você abria seu coração, quer saber o que eu estava pensando?

— Claro...? — Bianchi parece aterrorizado.

— Que eu mal podia esperar para te dizer que você estava errado. E que eu ganhei. E que... — a segunda conclusão tira o meu fôlego — ... eu queria esfregar isso na sua cara. — O que também quero fazer com Jenks, mas isso eu não digo. Resgato do fundo do meu cérebro as palavras que a policial estadual rabiscou naquele bilhete semanas atrás: *Permita-se aprender*.

— E o que você quer dizer agora? — pergunta Bianchi.

Pense, Danvers. Respire fundo. Permita-se aprender.

— Quero ser uma boa aviadora — digo por fim, lentamente.

— Eu também.

— Eu não sabia que, para ser uma boa aviadora, eu precisaria ser um bom ser humano. — Vejo que minhas palavras acertam forte Bianchi. — Sei que parece brega, mas sei lá.

— Não. — Bianchi balança a cabeça e olha para mim. — Não parece brega.

— Acho que vamos ganhar mais vezes do que perder. Pensei que essa seria a parte mais difícil. Ganhar. Mas agora acho que o difícil é garantir que eu não perca a integridade... no meio do caminho.

— Aí está você! — Maria exclama, colocando-se entre Bianchi e mim. Nos viramos para ela.

— Parabéns, aviadora Rambeau — Bianchi fala para Maria. Em seguida, ele pigarreia e olha ao redor. — É melhor encontrar Pierre e Del Orbe antes que eles envolvam o comandante dos cadetes em um abraço. — Bianchi dá um último aceno e sai em busca dos amigos.

— Eu descobri — ela diz assim que Bianchi se afasta, incapaz de evitar sorrir.

— Descobriu o quê? Você só ficou fora por dez minutos.

— Descobri como vamos conseguir nosso brevê de piloto privado — ela diz, tremendo de emoção.

Meus olhos se arregalam.

— Você… está falando sério?

— Sim. Eu tenho um plano, Danvers.

CAPÍTULO 7

No domingo, um raro dia de folga do treinamento, Maria e eu disparamos para fora do campus da Força Aérea. O barulho do motor do meu Mustang ganhando vida depois de tantas semanas sem uso parece trazer de volta um pedaço de mim que eu havia esquecido na confusão do treinamento básico. Trocamos um olhar satisfeito e presunçoso enquanto nos afastamos, sentindo como se tivéssemos algo, mesmo que não tenhamos ideia do quê. Abaixamos as janelas e deixamos o ar fresco da manhã nos purificar e nos acordar conforme descemos a colina em direção ao plano de Maria.

Como sempre acontece nas aventuras de viagem emocionantes, o brilho de possibilidades luminosas começa a desaparecer a cada sinal vermelho, a cada motorista sem noção a nossa frente e a cada engarrafamento frustrante que nos mantém presas e imóveis, nos trazendo de volta ao chão pouco a pouco. Maria procura uma música melhor nas estações de rádio, e o início de outro dia quente de verão acerta meu rosto como a explosão de uma porta aberta de forno.

Quando a adrenalina diminui, sinto algo muito mais preocupante: ansiedade, misturada com uma grande dose de dúvida sobre o que estamos prestes a fazer e se sou capaz de fazê-lo.

Examino minhas emoções, tentando encontrar algo para compartilhar com Maria que me traga um pouco de alívio, mas que não a assuste completamente. Não tive tantas oportunidades de ter uma melhor amiga na vida — com certeza nunca conheci ninguém tão legal quanto ela. Não quero assustá-la com a parte do meu cérebro que avança ainda mais rápido do que o Mustang, percorrendo tudo o que pode dar errado e todas as maneiras que podemos falhar e provar que nossos opositores estão certos. Dou de ombros como se estivesse ordenando que meu corpo relaxe, pareça o mais despreocupado e casual possível e, ao fazê-lo, forço minhas entranhas a se alinharem.

— Por que você está fazendo essa coisa esquisita com seus ombros? — Maria pergunta antes que eu termine a palavra "despreocupado".

— Estou sendo relaxada — respondo, e Maria solta a maior risada que já ouvi. Ela até perde o fôlego. Na verdade, em algum ponto, ela até dá um tapa no próprio joelho. — Relaxadíssima. — Dou de ombros novamente, e ela se lança para a frente com uma gargalhada persistente. — Eu sou assim.

— Danvers, este é o maior elogio que eu poderia te fazer: você não conseguiria ser relaxada nem se passasse dez anos treinando — Maria afirma, limpando as lágrimas.

— Na verdade, eu passei um ano da minha vida treinando para parecer relaxada!

— Como é? — Maria pergunta, ainda rindo. Agora minhas próprias risadas estão irrompendo como lava. Mal posso me conter enquanto conto minha própria história trágica.

— Havia uma garota na minha turma da quarta série que apenas olhava pela janela da sala de aula e suspirava. Eu lutava com meu lápis para aprender as letras cursivas e tinha dificuldades com a divisão, mas lá estava ela, impenetrável. Parecia tão sonhadora. Passei o ano todo tentando imitá-la. — Paramos em outro sinal vermelho. Apoio o cotovelo no volante e afundo o rosto na minha mão. Passo os olhos pelo para-brisa e, com um suspiro contente, derreto no assento. Olho para Maria com uma sobrancelha levantada.

— Quero dizer, tudo o que você decide fazer… é excepcional — Maria fala, fingindo seriedade. — Se bem que posso ver você apertando os dentes daqui, então…

O sinal fica verde, e percorremos o mesmo cruzamento em que, alguns meses antes, tive meu pequeno entrevero com a policial estadual Wright. Examino as estradas da montanha e o horizonte distante em busca do carro da polícia. Não sei o que diria a ela agora. Provavelmente apenas… obrigada.

— Acabei me cansando de ser considerada intensa, sabe?

— Ser intensa é bom — Maria replica.

— Não para garotinhas.

— Para garotinhas que querem ser as primeiras pilotas de caças? — Maria acena com a cabeça e fica séria. — Ser intensa é bom. — Maria olha para mim, e vejo cansaço em seus olhos.

— Você também?

— *Ela é demais* — Maria diz, com a voz alta e gotejando falsa preocupação. — *É melhor parar com essa atitude.* — Nós caímos no silêncio. E, antes que eu escolha melhor as palavras, já estou falando.

— Tenho dificuldade em não fazer tudo isso apenas para provar que eles estão todos errados.

Pronto. Falei. Maria e eu temos um plano, mas sem o fogo intenso de querer provar que estou certa… eu me sinto como uma vela quase piscando, em vez de um lança-chamas. Dúvida é um sentimento novo para mim, mas não consigo deixar de pensar: será que isso basta para *me* impulsionar? Eu quero que seja o suficiente. Mas não estou acostumada a fazer coisas movida apenas pelas minhas próprias motivações internas.

— É aquela coisa de esfregar vinte por cento na cara dele — Maria diz, aquiescendo.

— Trinta por cento, mas...

— Agora é trinta por cento? — Eu não consigo olhar para ela. Maria espera. O silêncio se expande quando uma voz suave, rouca e etérea flutua do rádio, de um jeito bonito.

— Ok, sim. A porcentagem está subindo. E, sim, estou preocupada que, em breve, essa porcentagem chegue a cem, e eu faça algo só para provar que todos estão errados, como fiz durante toda a minha vida. E não é assim que se vive. E, sim, já me perguntei se quero estar certa ou se quero ser feliz, mas veja, por que não posso estar certa e ser feliz? Hein? Já pensou nisso? — Enquanto Maria balança a cabeça e ri, pego a entrada que ela marcou no mapa, e seguimos pela longa estrada poeirenta.

— Você precisa parar de pensar tanto, Danvers. Sua cabeça é muito assustadora. Oh, veja, acho que é aqui... deve ser por aqui — ela diz, esticando o pescoço e observando a vasta extensão de terra à frente.

Então eu sinto. O grunhido baixo do motor vibra por todo o Mustang, seu zumbido cantarola na minha espinha, como quando eu passava os dias esticando o pescoço na direção dos céus, em vez de me dedicar aos cursos de treinamento no chão. Diminuo a velocidade do carro; Maria e eu olhamos para cima, para trás, para o horizonte.

— Parece que está no carro junto com a gente — Maria diz, agora quase completamente pendurada na janela do passageiro para ver melhor.

O rosnado e o ronronar se aproximam. Eu paro em uma vaga ao lado do hangar 39, e saltamos do carro bem a tempo de ver aquele mesmo biplano amarelo com detalhes em azul e vermelho, o único que não consegui nomear na primeira manhã no Colorado. Ele sobrevoa baixo, alinha-se com a pista e pousa.

— É maravilhoso — eu digo, com um sorriso largo e sincero. Olho para Maria e sua expressão está tão aberta e alegre quanto a minha.

— Que beleza — Maria fala, em um torpor glorioso. E, sem uma palavra ou qualquer acordo, nós duas corremos em direção ao avião, enquanto ele se aproxima do hangar 39.

O avião avança conforme tentamos chegar perto sem que ele nos atropele. Vejo duas cabines, uma atrás da outra. Maria e eu ficamos observando os dois pilotos o guiarem no hangar e finalmente o desligarem com um último estremecimento. Mal podemos nos conter.

O piloto da frente desce primeiro e fica na asa. Depois, ele e um homem vindo do hangar ajudam o outro piloto a sair da cabine. Ambos os pilotos saltam para baixo, o da frente tira o chapéu e os óculos de pilotagem.

Maria e eu não conseguimos evitar nos olhar com um nível de excitação quase nuclear. *Ele é ela*. O outro piloto também tira o chapéu e os óculos de pilotagem — este com certeza é um homem —, e eles caminham até nós.

— Você é igual ao seu pai — diz o homem para Maria. Seu cabelo grisalho é curto, e os óculos deixaram um vinco em sua pele castanho-avermelhada queimada pelo vento. Seu rosto ainda mantém um senso de juventude, apesar de marcado pela idade. Ele parece ao mesmo tempo aberto e enigmático. Tão inescrutável quanto o avião.

— Você cresceu — nota a mulher, pouco antes de puxar Maria para um abraço. Sua voz é rouca. Seu cabelo castanho-claro está despenteado por conta do chapéu de aviadora e, assim como o homem ao seu lado, ela também tem uma marca dos óculos na pele bege-escura, o que apenas chama mais atenção para os seus enormes olhos castanhos. Ela é a mulher mais discretamente poderosa que já conheci.

— Carol Danvers, estes são Jack e Bonnie Thompson. Eles voavam com meu pai — Maria diz, absolutamente radiante de orgulho e adoração. Jack e Bonnie estendem as mãos para mim, e estou completamente sem palavras.

— É… nossa… eu… é um prazer conhecê-los — finalmente consigo dizer. Logo depois, não consigo mais segurar: — Se me permitem? Por favor… que tipo de avião é esse?

— *O sr. Boa-noite?* — Jack indaga.

Eu rio.

— Por que você o chama de *sr. Boa-noite*? — pergunto.

— Você vai ver quando pilotá-lo — Jack responde com uma piscadela.

— Quando eu pilotá-lo?

— É um Boeing Stearman de 1942. PT-17 — Bonnie corta.

— No qual eu fui treinado — acrescenta Jack.

— E você também será — Bonnie diz com um sorriso irônico. Maria e eu compartilhamos um olhar de profunda preocupação. O avião é magnífico à sua maneira, mas não tínhamos imaginado fazer nossas quarenta horas de treinamento de voo nele.

— Não é exatamente o avião que vocês estavam imaginando para esta pequena escola de voo que a Maria arranjou, não é?

— Jack pergunta, lendo minha mente enquanto nos conduz ao hangar.

Todas as minhas dúvidas desaparecem quando piso ali. O hangar 39 é minha visão do céu.

Pouco iluminado, fresco e maior do que qualquer edifício. Em um canto sombrio, há um belo e intocado Mescalero T-41. E, espreitando por ali, Jack e Bonnie têm nada mais, nada menos que um par de Cessnas civis. Há aquele P-51D Mustang que eu ouvi — seu motor está desmontado no chão. Ferramentas, partes de motores, material de limpeza e hélices estão espalhados sob um antigo cartaz do Capitão América da Segunda Guerra Mundial, nos saudando como bons cidadãos por termos comprado títulos de guerra. Todo o espaço é um caos controlado e maravilhoso. Jack liga um rádio antigo empoleirado precariamente em cima da bancada de trabalho, e o estalo de um taco de beisebol explode no recinto cavernoso enquanto algum locutor de rádio distante narra um jogo.

— Maria nos contou que vocês querem tirar um brevê de piloto particular para que possam se inscrever nos Flying Falcons, certo? — Bonnie pergunta, colocando uma cafeteira velha para funcionar. Jack vai até uma prateleira mais alta e entrega a Bonnie uma lata de café, junto com uma pilha de filtros. Ela agradece e ele treme, reagindo a um desenvolvimento não muito favorável em seu jogo de beisebol.

— Sim, senhora… Pilota Thom… Sra. Thom… — gaguejo.

— Bonnie está bom, querida. — Ela me olha nos olhos. — Pode me chamar de Bonnie.

Aceno com a cabeça e tento de novo.

— Bonnie — digo. Ela sorri para mim e eu derreto.

— Bonnie pilotou transportadores durante a guerra — Maria conta.

— E me treinou para pilotar — Jack acrescenta.

— Eu queria pilotar em combate, mas… — Bonnie se interrompe. Ela não precisa terminar. Nós sabemos.

— Assim como nós — Maria afirma.

— E vocês acham que entrar para os Flying Falcons vai servir… pra quê? — Bonnie pergunta. O cheiro de café paira pelo hangar.

Maria e eu nos entreolhamos. Sabemos como isso soa quando falamos em voz alta. Especialmente para Bonnie.

— Fazê-los mudar de ideia — digo, tentando imprimir decisão na voz. Maria concorda com a cabeça.

— Ambas conseguimos a comenda Warhawk, e também somos Graduandas de Honra. Estávamos no Esquadrão de Honra. E quando o reconhecimento chegar, no final do ano, queremos adicionar os Flying Falcons a essa lista — Maria afirma.

— Então esses são testes para a equipe do próximo ano? — Jack pergunta.

Tanto eu quanto Maria assentimos.

— Vocês sabem que vão ter que trabalhar duas vezes mais pra conseguir a metade — Bonnie diz, estabelecendo um contato visual particularmente aguçado com Maria.

— É o que venho fazendo durante toda a minha vida — responde Maria, resoluta.

— Eu sei que sim — Bonnie diz. Jack coloca um braço ao redor da cintura de Bonnie.

Há uma pausa, e percebo que Jack e Bonnie estão decidindo se devem ou não tentar nos demover do nosso plano. Eles acreditam que nossa entrada nos Flying Falcons não vai mudar a cabeça de ninguém. Que as mulheres estão querendo voar desde que a geração de Bonnie implorou pela oportunidade décadas atrás. Que essa nossa busca tem que ser digna e valiosa, mesmo se não conseguirmos o que queremos no final.

Sei que eles estão certos. Mas também sei que todos neste hangar estão familiarizados demais com o que é ter negado algo que ganharam.

Jack e Bonnie trocam um olhar e depois um sorriso.

— Então vamos começar — Jack diz, batendo as mãos.

— Legal! — comemoro. Maria e eu nos cumprimentamos com um toque e nos viramos para voltar para o Stearman.

— Aonde vocês estão indo? — A voz de Jack vem de trás da gente.

Nos viramos lentamente.

— Para o avião? — Maria fala, como se estivesse afirmando o óbvio. Bonnie dá um sorriso encantador e volta para a cafeteira.

— Nós não vamos voar ainda — Jack revela.

— Mas…

— Vocês terão quarenta horas antes dos testes, mas primeiro precisamos construir um pouco de caráter e integridade — Jack diz.

— E como, hã, *nós* vamos fazer isso? — Maria pergunta. Consigo ouvir a hesitação em sua voz.

— Bem embaixo do pôster do Capitão? — Jack aponta por cima do ombro. Nós duas assentimos. — Há um balde cheio de material de limpeza e alguns trapos velhos. Peguem tudo isso, encham o balde de água e deem uma boa lavada no *sr. Boa-noite*, se não se importarem. — Bonnie volta e entrega a Jack uma caneca de café. — Obrigado, querida.

— Pensei que nós íamos voar — digo.

— Caráter e integridade primeiro. — Jack dá um gole no café. — Depois vocês voam.

CAPÍTULO 8

— Estamos fedendo — reclamo algumas horas depois, voltando para o campus naquela noite sob o crepúsculo de um sol poente. — Quem imaginou que ficaríamos tão *sujas*?

Maria solta um som gutural em concordância, mas, enquanto dirijo, fica claro que estamos felizes com o resultado do dia, por mais inesperado que tenha sido. Depois que limpamos cada centímetro do *sr. Boa-noite*, Jack e Bonnie nos explicaram o que cada parte fazia e como funcionava. *Esse mostrador está conectado a esse mecanismo, que faz isso e, se isso não funcionar, bem, você pode fazer isso ou aquilo e ver como tudo funciona junto dessa maneira.*

Eu ainda não conseguia ver como essas coisas funcionavam, mas, após algumas horas sob sua cuidadosa tutela, tive certeza de que aprenderia.

Sempre me imaginei em uma cabine, voando pelas nuvens. Via isso com perfeita clareza. Só que, toda vez que realmente tentei imaginar como seriam todos esses pequenos passos, nunca conseguia. No final, o melhor que fui capaz foi reunir alguns sonhos, em que distribuía diversos *hanglooses* depois de fazer algo inspirador com esforço aparentemente zero e a graciosidade de um cisne.

Hoje, porém, debruçada sobre o motor do *sr. Boa-noite*, com as mangas enroladas e cobertas de graxa e óleo, dando o menor dos pequenos passos em direção ao meu objetivo final, fiquei maravilhada. E faminta. E orgulhosa. Eu me senti feliz. Como se eu pertencesse. Quando olhei para Jack enquanto ele desmontava um pedaço do motor do *sr. Boa-noite* e explicava o que cada parte fazia, a sensação foi de que eu tinha descoberto a outra metade da minha peça do quebra-cabeça. Provavelmente é por isso que eu não conseguia imaginar antes. Eu não fazia ideia de que esse tipo de realização pessoal era possível, muito menos como seria. Era mais fácil me imaginar voando pelos céus e deixando os outros se surpreenderem comigo do que imaginar como seria me surpreender comigo mesma.

Uma vez de volta, tomamos banho e nos acomodamos em nosso quarto. Meu cérebro se eleva da gloriosa névoa das peças de motor do Stearman e cai direto na preparação para o nosso primeiro dia de aula amanhã.

— Vai ser dureza — Maria murmura, enquanto examinamos nosso cronograma impresso antes de apagarmos as luzes. Temos quatro aulas de manhã e três à tarde, um jogo em uma equipe intramural e "Introdução à planagem", a primeira aula no programa de aeronaves. Já combinamos com Bianchi, Del Orbe e Pierre que vamos criar grupos de estudos noturnos na Biblioteca McDermott para evitar que alguém fique sobrecarregado demais, mas a carga de trabalho parece incrivelmente intensa.

Eu me reviro a noite toda, construindo castelos de cartas elaboradas com todas as possibilidades de cenários para o dia seguinte. Quando Maria e eu estamos amarrando nossos tênis para a corrida matinal, já estou operando com pura adrenalina e evitando ativamente mais alçapões emocionais.

Caminhamos até a pista e encontrarmos Bianchi, Del Orbe e Pierre já se alongando. Ouço a risada de Del Orbe do outro lado do campo.

— Vocês sabem o que é *flickerball*? — Pierre pergunta assim que nos aproximamos.

— É basicamente uma mistura de futebol americano e queimada — Maria diz, curvando-se e tocando os dedos dos pés com um gemido sonolento.

— No meu cérebro está passando agora uma apresentação de slides de pessoas levando boladas na cara e alguém em pé sobre elas gritando "Isso é flickerball!" — Pierre diz. Ele parece um pouco histérico, com a voz desafinada.

— Sim, é exatamente isso — Bianchi responde, rindo.

— Vocês jogavam flickerball? — pergunto a Bianchi enquanto Del Orbe reencena a versão horrível de Pierre.

— Todos nós jogávamos. E você? — ele devolve a pergunta.

— Nós também — respondo por Maria. Bianchi assente.

— Então o nosso esporte intramural do ano é basicamente o meu pesadelo do ensino médio — Pierre diz. — Ótimo. Apenas ótimo. Fantástico, sério!

— Pierre, relaxe — Maria diz, como sempre a voz da calma e da razão. — Vocês estão prontos? — pergunta, pulando alto no ar várias vezes. Todos concordam com relutância, e partimos pela pista como um grupo.

— Pra onde vocês foram ontem? — Bianchi pergunta, mantendo o ritmo comigo na frente do grupo.

— Bem que você gostaria de saber — retruco.

— Sim, normalmente é por isso que as pessoas fazem perguntas. Porque gostariam de saber.

Eu rio, e seu rosto suaviza.

— Seria estranho se eu te contasse depois? — pergunto.

— É claro que não. — Mas um olhar de soslaio confirma que eu o confundi.

— Desculpe se ultrapassei os limites, Danvers.

— Não, tudo bem. Só não quero me precipitar.

— Mas é muito legal, e você vai ficar com *muita* inveja — Maria fala enquanto passa por nós.

Bianchi e eu ficamos quietos enquanto corremos pela pista.

— Você *vai* me contar, certo? — ele pede por fim.

— Talvez — respondo. Ele arqueia uma sobrancelha. — Tá bom. Prometo.

— E não só no meu leito de morte ou algo assim, caso você esteja procurando uma brecha — diz ele.

— Como se atreve, senhor? — falo por cima do ombro, acelerando o ritmo para alcançar Maria. — Eu sou uma dama honesta e confiável.

— Sei que sim — Bianchi diz, com a voz momentaneamente séria. Sorrio e acerto o passo com Maria, deixando Bianchi para trás.

— Você podia ter contado — Maria diz, exalando no ar da manhã.

— Só queria manter isso entre nós um pouco mais — respondo, sem saber de onde veio essa decisão, mas de alguma forma intuindo que era a coisa certa a fazer. Maria assente, e entramos em um ritmo sincopado, feliz e pacífico pela pista.

No passado, eu teria deixado escapar o que estávamos fazendo para me gabar ou impressionar alguém… qualquer um, na verdade. *Você pode achar que eu não valho nada, mas certamente deve estar deslumbrado com essa coisa superincrível que estou fazendo e você não!*

Mas agora? Há algo quase sagrado no hangar 39. Algo que não quero macular com todas essas inseguranças. Quero contar às pessoas pelas razões certas, não para me sentir fantástica por alguns momentos fugazes. Estou orgulhosa de mim mesma, e não só porque tenho algo novo e brilhante para ostentar. Sorrio diante do meu processo de pensamento — como se limpar um Stearman até quase morrer fosse algo de que os outros teriam inveja.

Às cinco da manhã, estamos todos pingando de suor e voltando para os dormitórios em busca de um banho muito necessário. Bianchi, Pierre e Del Orbe se afastam, e Maria e eu seguimos pelos corredores. Então notamos Noble também voltando de uma corrida. Sem Johnson à vista, decido levantar uma bandeira branca enquanto subimos as escadas.

— Acho que ainda não fomos apresentadas oficialmente. Eu me chamo Carol, e esta é Maria — digo, inclinando a cabeça na direção da minha amiga.

— Eu sou Noble — ela diz, em um tom azedo. Seu cabelo vermelho fogo está puxado para trás em um coque apertado, e sua pele pálida e sardenta está corada pelo exercício matinal. Seus olhos verdes e profundos sempre parecem frios demais.

— Eu esperava o seu primeiro nome — digo brincando e falando sério ao mesmo tempo. Tem que ser um dar e receber, ou não chegaremos a lugar algum.

Noble solta o suspiro mais longo e cansado da história dos suspiros. Minha curiosidade aparentemente a esgotou. Coloco um sorriso alegre no rosto através dos meus dentes cerrados. Posso ouvir Maria sufocando uma risadinha logo atrás de mim.

— Zoë — diz ela.

— Oi, Zoë — Maria fala com um movimento da cabeça. Zoë a cumprimenta de volta em uma resposta fria.

— Então acho que a gente se vê por aí — Zoë diz, deslizando pelo corredor e desaparecendo em seu dormitório.

— Ótimo! — Eu aceno a mão com entusiasmo após a sua retirada, o completo oposto do distanciamento frio e sem esforço de Maria e Zoë.

— O que foi esse aceno, Danvers? — Maria pergunta, mal conseguindo se conter.

— Ela é descolada demais pra mim — digo, abrindo a porta do nosso quarto e juntando minhas coisas para o banho. Ouço a gargalhada de Maria me seguir pelo corredor.

Mas, às sete e meia da manhã, não importa quem é descolado e quem não é, quem comanda uma reação erguendo a sobrancelha perfeitamente arqueada e quem exerce toda a contenção de um touro em uma loja de porcelana porque é desajeitado, confiante e assustado, pois estamos todos sentados recebendo as primeiras lições de cadetes de quarta classe na Academia da Força Aérea dos Estados Unidos.

CAPÍTULO 9

— Sejam bem-vindos à "Introdução à planagem". Eu sou o capitão Jenks.

Ugh.

O capitão caminha à nossa frente enquanto fala, com as mãos cruzadas atrás de si. Seus óculos de aviador brilham e reluzem sob a luz do sol, obscurecendo seu olhar onisciente enquanto ele fala a respeito de suas expectativas sobre nós durante a aula. Os pilotos instrutores de cadetes estão atrás dele, parados e imóveis; os aviões decolam e pousam nas movimentadas pistas do outro lado.

— Ao longo do ano, vocês farão quatro voos, sempre acompanhados por um instrutor. Vocês não vão voar sozinhos até serem cadetes de terceira classe. — O barulho alto de um avião de reboque abafa a última palavra do capitão Jenks, mas seu significado é claro.

Eu me viro e vejo um avião de reboque puxando um dos planadores de um grande hangar. O planador parece mais um carro lateral de motocicleta, desajeitado e arredondado na frente com uma tubulação vermelha que contorna sua fuselagem magra e faz laços nas palavras INDÚSTRIAS STARK, estampadas na barbatana do avião. Ele é todo asa, seu design é surpreendente e emocionantemente simples.

Mal posso esperar para pilotá-lo.

O capitão Jenks nos diz que cada um de nós fará dupla com um dos pilotos instrutores de cadetes. Analiso as opções e, no mesmo instante, os classifico, com base principalmente em métodos supercientíficos, como a postura deles e o queixo. Sendo alguém que gostaria muito que as pessoas parassem de julgar um livro pela capa, eu deveria ter vergonha de estar tirando conclusões precipitadas sobre um grupo de pessoas e suas habilidades de ensino baseada em nada além de aparências. No entanto, aqui estou.

— Danvers, você fica com o instrutor de cadetes Wolff — Jenks diz, seguindo sua lista sem nem olhar para mim.

Solto um gemido internamente. Para constar, eu já rotulei o instrutor de cadetes Wolff como o menos favorito. Alto e robusto, de queixo quadrado e arrogante, ele parece aquele tipo que costumava pendurar cartazes de "me chute" nas costas dos coleguinhas quando estava na escola.

Não conheço nenhum dos aviadores do meu grupo sob o comando do instrutor de cadetes Wolff. Olho para Maria e Del Orbe. Fico com inveja por eles terem sido agrupados com a minha primeira escolha, o instrutor de cadetes Cabot, de rosto suave e postura relaxada. Eles não percebem meu olhar, é claro, porque agora estão brincando alegremente pelo campo de pouso de mãos dadas com a minha primeira escolha, enquanto eu me preparo para seguir com o sapato apertado da vida.

— Vamos começar — diz Wolff. Sua voz é baixa e metódica. Nosso grupo o segue como patinhos até o planador.

— Salte pra dentro — ele diz para mim.

— Senhor? — indago, olhando para os outros três aviadores do meu grupo, pensando que essa oferta é algum tipo de armadilha, desconfortável por ter que ir primeiro. Wolff não diz nada. Seu cabelo castanho-claro farfalha com o vento, sua pele avermelhada já denunciando alguns pelos, apesar da navalha que certamente raspou seu rosto logo de manhã. Seus olhos escuros como carvão são penetrantes, e sua capacidade de manter silêncio é hercúlea.

Dou um aceno com a cabeça e subo na cabine de um avião pela primeira vez.

E, dentro do meu corpo, sinto um *clique* quando todas as partes da minha vida resolutamente se encaixam.

Respiro fundo e me seguro com firmeza, tentando engolir as emoções em erupção. Fecho os dedos em torno do bastão da asa e examino os instrumentos do avião — instrumentos que estão bem aqui na minha frente, e não em uma revista gasta e com orelhas que encontrei na sala de espera da oficina onde eu consertava meu carro.

Se a limpeza do Stearman parecia um presente, sentar nessa cabine é nada menos que uma oração respondida.

Eu consegui. É verdade. Estou aqui.

Luto contra o desejo de fazer um sinal de positivo para Wolff e, em vez disso, passo os dedos sobre a bússola, girando-a sobre o altímetro. Bato no velocímetro e, em seguida, levo a cabeça para trás para vislumbrar a cordinha de guinada presa ao dossel. Um pedaço tão humilde de fio, também usado pelos irmãos Wright, que resistiu ao teste do tempo como o melhor método para garantir que uma aeronave voe da maneira mais eficiente possível e não seja jogada para o lado. Sorrio largamente ao encontrá-lo, maravilhada com a atemporalidade de uma simples boa ideia.

— Conte pra gente o que você está vendo — Wolff ordena. Luto contra meu desejo de deixar escapar: *Meus sonhos se tornando realidade!*

— Poder — digo no lugar.

— Isso é bom, Danvers. — Wolff se afasta de mim e encara os outros três aviadores. Ele faz uma pausa longa e pensativa, e todos nós esperamos a cada respiração, a cada vez que ele aperta e abre o queixo. Finalmente: — Neste avião, você sentirá todos os caprichos extravagantes que o céu lhe reserva. — Wolff vira de novo para mim. — Você deve estar preparada para todas as possibilidades.

— Restrição — Jenks diz, aproximando-se por trás de Wolff.

— Senhor? — Wolff pergunta.

— Estou respondendo a sua pergunta — Jenks dá a volta no planador, com as mãos cruzadas atrás das costas, e o polegar tremendo a cada passo.

— Sim, senhor — Wolff diz.

— Geralmente é na cabine onde se aprende primeiro suas limitações.

— E sobre liberdade — Wolff acrescenta. O silêncio se expande. Wolff solta: — Senhor.

— A subida só pode ser dominada por quem pratica controle e autodisciplina. Não é para os impulsivos, descuidados e emotivos — Jenks diz. Cada palavra me tira o ar, soando como um ataque pessoal.

— Nos impulsivos, encontramos os apaixonados. Nos descuidados, encontramos os ousados. E, nos emotivos, encontramos os humanos. O que é importante, senhor, é se eles podem ser ensinados. — Wolff se coloca entre Jenks e mim, e decido que estava completamente enganada ao rotulá-lo como meu piloto instrutor de cadetes menos favorito.

— Bem, estou muito interessado em ver como seu pequeno experimento… — Jenks caminha devagar, arrastando o olhar sobre mim como se eu fosse uma toalha molhada e embolorada — … vai acabar.

— Sim, senhor.

Jenks examina os outros três aviadores, empurra os ombros para trás e, sem dizer mais nada, se direciona para outro grupo. Wolff bate na lateral do avião, e entendo isso como um sinal para eu sair. Nenhum de nós fala sobre o que acabou de acontecer, mas, ao subir na asa, me entrego a ela. Também estou fervendo. Como Jenks ousa tentar manchar minha primeira experiência em uma cabine com suas palavras frias e obstinadas?

Aperto o punho e me concentro para me lembrar como era a sensação de ter a vara do planador na minha mão. Como foi me sentar na cabine. Sentir aquele *clique* que ninguém, nem mesmo Jenks, pode tirar de mim. Eu pertenço a este lugar. Foi para isso que fui feita, por mais impulsiva, descuidada e emotiva que eu possa ser às vezes. Finalmente, respiro fundo, e as palavras de Jenks começam a evaporar, gota a gota.

Fico de lado e vejo os outros três aviadores se sentarem na cabine e receberem alguns conselhos sábios de Wolff, cuja estima cresce aos meus olhos a cada momento que passamos juntos. Ele pode parecer um atleta do ensino médio, mas, por trás de toda essa arrogância, é apenas mais um garoto que sempre sonhou em voar.

Passamos o resto da aula aprendendo o básico, prestando muita atenção a cada informação, por menor que seja, que Wolff nos transmite de forma atenciosa e lenta. No final, estou admirada. Como ele pode ser tão confiante a ponto de ocupar tanto tempo e espaço? Não se deixando levar.

Fico perdida em pensamentos enquanto flano pelas tarefas do dia. Estou sentada durante as aulas, mas meu cérebro permanece resolutamente em todas as curvas daquele planador, imaginando como seria estar presa àquele assento vendo o mundo de dentro de uma cabine de pilotagem. Vou arquivando todas as sensações a serem saboreadas mais tarde, só que há uma coisa que não consigo guardar em apenas uma imagem ou momento. Faz parte da mesma lição que paira ao meu redor nos últimos meses.

No fundo, sempre soube que pertencia à cabine de um avião. Eu automaticamente pensei que, para que isso se tornasse realidade, outra pessoa — alguém importante de verdade (diferente de mim) — precisaria me dar seu selo de aprovação. É por isso que o respeito de Jenks significa tanto. Claro, quando me sentei naquela cabine hoje, me senti mais em paz e mais perfeitamente preparada do que nunca, mas uma parte de mim ainda não consideraria — não conseguiria considerar — isso realidade ou fato até Jenks me dar sua opinião de especialista.

Mas, ao observar Wolff tão seguro, confiando em seu próprio instinto, sentindo-se o suficiente para desafiar Jenks, percebo que, durante todo esse tempo, era mais fácil depender da aprovação de outra pessoa, alguém que ocupa uma posição de poder e importância, do que me bastar. Ou, para ir ainda mais longe, era fácil exigir que os outros me validassem, gostassem disso ou não.

Permita-se aprender. As palavras da policial estadual Wright ricocheteiam como uma bola de fliperama na minha cabeça e, antes que esses significados adicionais virem vapor, eu os pego e os prendo em um quadro de avisos em meu cérebro.

Minha cabeça está latejando quando Maria e eu nos instalamos na Biblioteca McDermott para nossa sessão de estudos noturnos. Bianchi, Del Orbe e Pierre se sentam e, lenta e seguramente, nossa mesa se enche de livros e folhas e mais folhas de anotações rabiscadas. Reunimos toda essa massa de conhecimento após um dia de aula.

Noble se senta na mesa ao lado. Perguntamos — bem, eu pergunto — se ela quer se juntar a nós, mas ela educadamente (ou pelo menos em sua versão de educação) recusa. Sua boca de fato dobra de um lado, o que é quase um sorriso, então eu diria que ela está cedendo um pouquinho.

— O seu instrutor te contou sobre o show aéreo? — Maria sussurra entre as tarefas.

— Não, que show aéreo? — pergunto, olhando para as minhas anotações.

— Acho que todos no programa de aeronaves vão a um show aéreo — Maria diz. Espero ansiosamente por mais, mas só há silêncio. Ela ri. — Parecia que eu tinha muito mais a dizer, não é?

— Parecia mesmo — respondo rindo.

— Os Thunderbirds vão estar lá — Bianchi anuncia. Os Thunderbirds são basicamente os Flying Falcons multiplicado por um milhão.

— Ouvi dizer que eles podem pilotar os F16 novinhos em folha, em vez dos velhos T38 — Del Orbe diz.

— Ei, esses Ts eram legais — Pierre diz. E todo mundo fica imóvel. — Eu os vi em Robins, na Geórgia. Minha família dirigiu por horas só pra vê-los e… — Pierre vai para um mundo sonhador que todos conhecemos muito bem.

— Jenks era um Thunderbird — Noble diz da mesa ao lado. Todos nós olhamos. Ela se inclina sobre suas pilhas de livros, com o lápis ainda apertado na mão.

— O quê? — pergunto.

— Ele se aposentou? — Bianchi indaga.

— Ouvi que foi punido — Noble diz, sua voz é uma expiração letárgica baixa, de modo que todos temos que nos projetar para a frente para ouvir melhor essa informação sobre o inigualável Jenks.

— Você sabe por quê? — pergunto.

— Se eu soubesse, teria dito "Ouvi dizer que foi punido por esse motivo", não é? — Noble diz, deslizando o olhar para longe de nós e de volta para seus livros.

— Bem, você não é uma graça? — Del Orbe ironiza.

— Ah, obrigada. Muito obrigada mesmo — Noble responde, transbordando sarcasmo. E eu achando que ela estava cedendo.

— Como alguém pode ser punido e expulso dos Thunderbirds? — pergunto, voltando ao nosso pequeno grupo.

— Danvers — Maria alerta. Seu tom é sério. Tão sério que Del Orbe, Pierre e Bianchi se concentram nos estudos para que Maria e eu possamos aparentemente ter um momento privado.

Levanto as mãos em um gesto de rendição.

— O quê? Você não acha que isso é um pouco interessante? Não acha…?

— Preciso que você maneire essa teimosia enquanto tenta descobrir o que aconteceu no passado desse homem. — Os olhos de Maria estão presos nos meus quando ela me interrompe.

— Mas…

— Ou você está pensando em aumentar o número pra quarenta por cento? Em descobrir o ponto fraco dele e se prender a isso, talvez, como um bônus?

Fico vermelha. Maria me conhece melhor do que eu pensava.

— Quarenta por cento não chega nem à metade — resmungo, incapaz de lutar.

— A única razão pela qual Jenks tem algum poder sobre você é porque você continua dando poder a ele — Maria afirma.

— Ai — digo. Suas palavras me acertam bem entre os olhos.

— Prometa pra mim, Danvers. — Maria não interrompe nosso contato visual. — Prometa que você vai deixar isso pra lá. — Posso ver Del Orbe, Pierre e Bianchi tentando não escutar. Mas, como demoro para ceder, ouço Bianchi sussurrar bem baixinho:

— Vamos lá, Danvers.

— Prometo — concordo.

CAPÍTULO 10

— Espere, pra que serve essa corneta? — grito para Jack por cima do barulho do motor do *sr. Boa-noite*. O avião inteiro está roncando e tremendo enquanto eu afivelo o cinto na cabine aberta da frente. Mantenho a buzina bem perto de mim.

— Para nos comunicarmos — Jack grita em resposta.

— Não tem rádio? — pergunto. Maria e Bonnie acenam, voltando a conversar animadamente, tendo completado seu primeiro voo.

— Eu posso falar com você, mas você não pode falar comigo — Jack diz.

— Sim, senhor! — grito, tentando tornar minha resposta o mais breve e destemida possível.

— Um pra vômito e dois pra queda — Jack diz. Olho para a corneta.

— Um pra vômito e dois pra queda — repito, assentindo. Detestaria confundir os alarmes.

Depois de semanas de aulas com Jack e Bonnie, finalmente chegou a hora de voar. Bonnie e Maria acabaram de voltar do ar, o rosto de Maria está brilhando. Agora é a minha vez, com Jack no comando.

— Coloque suas mãos nos instrumentos, Danvers! — Jack grita.

Meu acelerador se move quando Jack taxia o avião para longe do hangar 39. Essa é a beleza desses antigos aviões de treinamento que tanto aprecio, apesar do choque inicial de ser treinada no Stearman em vez de em algo novo e brilhante. Todos os instrumentos na minha cabine são espelhados na de Jack. Então, observo o que ele está fazendo e aprendo, em tempo real, como voar. Fecho os dedos ao redor do acelerador, e é como se houvesse fogos de artifício disparando por todo o meu corpo.

— Você colocou os pés nos lemes? — ele me pergunta. Eu grito que sim enquanto estico as pernas e as posiciono nos lemes do avião antigo.

O balanço violento da aeronave ameaça deslocar a buzina, então a enfio rapidamente embaixo da perna com força. A hélice gira e gira tão rápido que parece que nem está girando. No começo, pensei que a emoção eclipsaria todas as instruções e que eu não seria capaz de manter a cabeça no lugar. Mas é exatamente o oposto. Nunca estive tão focada em toda a minha vida. Todo som, todo sentimento, todos os instrumentos me deixam cada vez mais concentrada.

Eu nasci para isso.

Ouço Jack conversando com a torre pelo rádio. Ele está solicitando autorização e repetindo uma série de números enquanto nos aproximamos cada vez mais da pista. Nosso avião aguarda no final da pista, e sinto cada célula do meu corpo viva e pronta. O zumbido assombroso do motor do *sr. Boa-noite* serpenteia pela minha coluna. Aquele rosnado, antes tão distante e misteriosamente acima de mim, agora me envolve como a carícia de um velho amigo.

Jack taxia o *sr. Boa-noite* até a pista. Aceleramos cada vez mais, e então tudo o que ouço é o vento e o motor potente. Sinto o tremor embaixo de nós, e com um golpe estonteante...

Não há mais trepidações.

Estamos voando.

Quando deixamos o chão, meu coração parece explodir no meu peito. A mão firme e gentil de Jack nos leva mais alto a cada instante. O céu impossivelmente azul não está mais lá em cima, inatingível. Ele me envolve. Eu também estou aqui em cima. Sorrio. Não consigo evitar. É tudo o que eu pensei que seria. É tudo o que eu gostaria que fosse. É tudo o que eu sabia que seria. E mais. Muito mais.

Jack vira para a esquerda, e o mundo abaixo se abre embaixo de nós: verde e marrom, montanhas, campos e pontinhos — pessoas — ocupados com seus afazeres. Ele alinha a aeronave e subimos ainda mais.

Quando Jack atinge a velocidade de cruzeiro a pouco mais de cento e sessenta quilômetros por hora, sinto que estamos acomodados no azul celeste, como qualquer outro pássaro voando nos fluxos e refluxos da corrente de ar.

— Está pronta pra conduzi-lo, Danvers? — Jack pergunta pelo rádio.

— Sim, senhor! — grito. Nunca estive mais pronta em toda a minha vida.

Meu corpo inteiro se retesa e relaxa de uma só vez. Respiro fundo e sinto Jack o comando. O acelerador se torna meu, e só meu.

Viro para a esquerda, sentindo o controle aos poucos, observando as asas do *sr. Boa-noite* mergulharem para baixo, me ouvindo, me seguindo.

— EU FIZ ISSO! — grito para o céu.

Jack me guia através dos movimentos enquanto conduzo o avião de volta ao nível de voo; sua voz é uma presença reconfortante no meu ouvido que me impede de ficar muito empolgada. As curvas à direita são um pouco mais complicadas, por isso estou especialmente focada nas instruções dele para navegar no delicado equilíbrio entre pressão do acelerador e lemes. Logo consigo fazer o *sr. Boa-noite* virar à direita suavemente.

— Certo, Danvers. Não precisa se gabar. — Ele ri através do rádio.

— Isso é incrível! — grito para ninguém em particular, apenas precisando me ouvir para confirmar que tudo isso está realmente acontecendo.

Enquanto Jack e eu voamos e praticamos girar e nivelar e escalar e *virar à direita lá* e *virar à esquerda ali*, não tenho mais aqueles pensamentos persistentes sobre precisar me provar para os outros, sobre ter que fazer isso para mostrar que quem duvidou de mim estava errado. Meu cérebro está aqui nesta cabine e em nenhum outro lugar.

Antes que eu perceba, está na hora de levar o *sr. Boa-noite* para casa.

Examino o horizonte e percebo que não tenho ideia de onde é.

— Devolva-o pra mim, e eu nos levo pra casa — Jack diz, como se estivesse lendo meus pensamentos, enquanto sua voz crepita no rádio. O acelerador se move, e o avião varre o céu com uma facilidade que me faz chorar. O ângulo certo, a pressão certa. De repente, minhas investidas e reviravoltas parecem desajeitadas e sem graça em comparação. Jack é um artista.

Você também vai chegar lá um dia, digo para mim mesma.

Enquanto Jack fala com a torre, finalmente vejo os hangares e as pistas do aeroporto dividindo a paisagem à nossa frente.

Examino o horizonte em busca de outros aviões e não vejo nada além do céu azul.

— Preste bem atenção neste pouso, Danvers — Jack diz pelo rádio. Observo Jack alinhar o *sr. Boa-noite* com a pista de pouso ao lado do hangar 39. O chão se aproxima, correndo para nos encontrar, e, conforme prendo a respiração, Jack pousa os três pneus do avião em um movimento contínuo, sem um único salto sequer.

— Lindo! — grito. Eu posso ouvir o estrondo e a fumaça da risada de Jack atrás de mim. E enquanto taxiamos o *sr. Boa-noite* em direção ao hangar 39, uso o barulho alto do motor para mascarar uma erupção de risos, gritos e tremores e tudo o que senti no ar.

Lembro daquela corda de guinada no planador. Um simples pedaço de fio que impede que o piloto escorregue ou derrape. Penso em como Jack, Wolff e até Maria parecem ter sua própria corda de guinada interna. Um pedaço intrínseco de fio que os mantém firmes, por mais que o vento tente afastá-los do curso. Eles são seus próprios especialistas. Suas próprias cordas de guinada. Quero ter isso, e hoje me sinto mais perto de obtê-la.

A alegria explode em todos os meus poros, volumosa o suficiente para nos levar de volta ao céu, mesmo sem a força do motor. É isso que estou tentando controlar com minha obsessão por Jenks? Conduzo toda a minha energia para me provar porque em algum lugar lá no fundo eu temo a liberdade que senti lá em cima? E tem o poder. O poder que continuo dando a pessoas como Jenks.

Por que tenho tanto medo da minha própria força?

Por que ele também tem medo?

Desço do avião e corro para Maria, me jogando em um abraço. Ela me envolve com força e nós duas sabemos que não há palavras para o que experimentamos e sentimos lá em cima hoje. Estamos completas.

Estamos agarradas uma à outra. Nenhuma de nós gosta muito de abraços, mas é como se soubéssemos que, se há um momento certo para isso, agora é a hora.

— Como ela se saiu? — Bonnie pergunta para Jack enquanto ele se aproxima. Maria e eu finalmente nos separamos, ainda sorrindo de orelha a orelha.

— Oh, ela é brilhante — Jack diz, dando de ombros. — Como essa aí. — Bonnie olha com orgulho para Maria.

— Eu disse à Maria que, no final, ela vai fazer um giro no ar. Vamos deixar você se divertir um pouco — Bonnie diz. O rosto de Maria se ilumina.

— Também tenho planos para esta aqui. No entanto, não é tão divertido quanto uma acrobacia dessas. — Os olhos de Jack brilham quando seu olhar encontra o meu.

— Jack — Bonnie dá uma chamada.

— Não é nada muito grande, talvez só uma coisinha minúscula, nada de mais, só desligar o motor e planar — Jack diz.

— Como funciona isso? — pergunto, não gostando de nenhuma daquelas palavras. A manobra de Maria parece melhor.

— É uma maneira de ensinar a você que, mesmo que você seja a melhor pilota do mundo, às vezes as coisas dão errado. — Ele ri da minha cara, que deve denunciar que acabei de chupar um limão. — Agora, vamos lá. Chega de falar disso. Vamos comemorar. Bonnie fez torta de cereja — Jack diz, pegando Bonnie pela mão e levando-a para o hangar.

— Melhor dia de todos? — pergunto a Maria enquanto os seguimos de longe.

O sorriso dela ilumina todo o seu rosto.

— Melhor dia de todos.

CAPÍTULO 11

— Isso é flickerball! — escuto De Orbe gritar enquanto Pierre está gemendo no chão na frente dele.

Dou risada e vejo Bianchi trotando em minha direção pela margem do campo. Pego minha blusa de moletom, deslizo-a sobre a cabeça e passo meus braços cansados e suados por dentro dela, já gelados, enquanto as gotas de suor esfriam no meu corpo. Passamos do outono para o início do inverno, e agora, nas corridas matinais, parece que alguém nos desafiou a correr pela pista usando todas as peças de roupa de nosso armário.

Por mais desafiador e gratificante que tenham sido os últimos meses, ainda parece que todo o resto, exceto o voo, está acontecendo com outra pessoa — é real, mas não é. As sessões de estudo, as aulas e as tardes no campo de flickerball. Caminho pelos corredores com a respiração presa, faço provas com o peito apertado, ouço palestras enquanto meu oxigênio se esgota — apenas aguardo o momento em que poderei respirar aquele requintado gole de ar fresco ao finalmente voar de novo. Levo uma existência perfeitamente tolerável, esperando até poder sentir aquele golpe arrepiante e respirar fundo. Voar é minha nova realidade, e nada mais se compara a isso.

— Del Orbe fez isso consigo mesmo de propósito — eu digo quando Bianchi se instala ao meu lado.

— Ele está planejando isso há meses — Bianchi concorda, rindo. Ficamos em silêncio enquanto observamos nossa equipe treinar para o jogo da próxima semana. Nosso time para o campeonato interno de flickerball está empatado em primeiro lugar, e, assim como no Dia de Campo, é o esquadrão de Johnson e Noble que novamente nos rivaliza. Desta vez, no entanto, eles chegaram muito mais perto do que qualquer um de nós gostaríamos. Então, há muita coisa a fazer na próxima semana.

— Você vai no show aéreo este fim de semana? — pergunto.

— Sim. E você?

— Sim.

Silêncio.

— Que bom.

Silêncio.

— Maria e eu estamos fazendo aulas de voo em um aeroporto nos arredores da cidade pra conseguir aqueles brevês de piloto particular e tentar os Flying Falcons — digo depressa. Quase cuspo as palavras.

Não consigo encarar Bianchi, embora sinta seus olhos em mim, bem focados.

— Como é que é?

— Bem, nunca estamos sozinhos, por isso não consegui te contar, e eu não queria te passar uma mensagem estranha e misteriosa em McDermott, mas também não queria esperar até que você estivesse no seu leito de morte, mas parecia que estava prestes a ser assim… Quero dizer, já faz quantos meses desde que você me perguntou para onde vamos quando deixamos o campus?

Ele faz uma pausa para refletir sobre o assunto.

— Três semanas… na verdade, quase um mês.

— Uau…. Sério? — Bianchi assente. Seus profundos olhos azuis agora se fixam nos meus. — Eu ia chutar uma ou duas.

— Sim, não.

— Bem, o tempo com certeza *voou*, ha-ha-ha — digo, em um pigarro.

— Então posso te fazer algumas perguntas? — Do outro lado do campo, Maria faz um lançamento e marca pontos. Mais cinco para Pierre. Mais cinco para Del Orbe.

— É claro — concordo, dando um entusiasmado sinal de joinha com o polegar para Maria.

— Com quem você está fazendo essas aulas?

— Jack e Bonnie Thompson. Eles voaram com o pai de Maria durante a guerra. Bem, durante as guerras — explico, acompanhando o progresso de Maria enquanto ela serpenteia e abre caminho pelo campo. Ela passa. Agarra a bola. E marca mais um ponto. Bianchi e eu aplaudimos.

— O pai de Maria era piloto na guerra?

— Ele era aviador em Tuskegee — respondo.

— Uau.

— Assim como Jack.

— E Bonnie?

— Ela ensinou os dois a pilotar, e então a Força Aérea a largou pilotando cargueiros. — Não consigo olhar para ele. — Ela sempre conta como estava orgulhosa em servir seu país, mas… — Eu paro. Não consigo falar. Bianchi assente com a cabeça. Ele respira fundo, coloca as mãos na nuca e olha para o chão. Vejo seu suspiro no ar frio e invernal. Quando ele finalmente fala, sua voz é dolorosamente gentil, e eu quase gostaria que não fosse.

— Então você quer pilotar em combate.

— Tudo isso é pra poder pilotar em combate. — Minhas palavras são rápidas e violentas, quase um rosnado, chocando até a mim mesma. — Oh, nossa, desculpe. Eu sinto... Nossa, eu... Acho que não estou tão bem com isso quanto pensei.

— Não consigo nem começar a entender — ele diz. Eu o encaro. O campo explode em aplausos quando Pierre é içado aos ombros do time após seu primeiro ponto. Bianchi e eu batemos palmas distraidamente para nosso amigo que, depois de meses dolorosos, finalmente está dominando o flickerball.

— Acho que eu também não — afirmo, incapaz de não rir, continuamente surpresa com a oscilação de minhas próprias emoções.

— No que vocês têm voado? — Bianchi pergunta, tentando aliviar o clima.

— Um Stearman PT-17 de 1942 — respondo.

— O quê?

— O nome dele é *sr. Boa-noite*.

— Você está brincando.

— É o mesmo com o qual Jack treinou, então, é nesse que ele nos ensina — digo.

— Não acredito que você não me contou — diz ele.

— Se eu tivesse te contado sobre essas aulas, teria que contar por que estamos fazendo isso, e se eu te contasse o porquê, teria que te contar o plano e, depois, teria que ficar aqui te observando escolher não me dizer que o plano pode não funcionar porque você não quer magoar meus sentimentos.

— E qual é o plano exatamente?

— Maria e eu vamos tirar nossos brevês e então vamos fazer o teste para os Flying Falcons. Vamos arrasar nesse teste, e talvez Jenks vá às lágrimas com nosso brilhantismo. Sei lá, ainda não pensei direito nessa parte. Talvez haja um aperto de mão entre lábios apertados e dentes cerrados, e ele fale de má vontade: "Eu estava errado sobre você, Danvers". Talvez ele diga que sou a melhor aviadora que ele já viu e me presenteie com um troféu do nada. Eu não sei, essa parte do plano se tornou bastante elaborada nos últimos meses.

Bianchi ri.

— E então Maria e eu entramos para os Flying Falcons! — Dou de ombros. — E eles vão ter que engolir. Vão ver tudo o que conquistamos este ano: Warhawk, Graduandas de Honra, Esquadrão de Honra... e quem sabe mudem de ideia, e Maria e eu seremos as primeiras pilotas de caça da Força Aérea dos Estados Unidos. — Olho para ele. — Somos as melhores, Tom.

— Eu sei que vocês são as melhores — ele concorda.

— Então tem que funcionar — digo, cheia de falsa bravata.

Bianchi respira fundo.

— Só porque vocês são as melhores, Carol, não significa...

— Não diga isso — eu falo, segurando seu pulso. Não sei por que fiz isso. É como se eu tivesse que segurá-lo, fazê-lo parar, mesmo que ele esteja falando uma verdade que minha própria mente me lembra vinte vezes por dia. Bianchi olha para mim. — Eu sei, tá bom? Eu sei.

— Tá bom — ele recua.

Aceno em agradecimento. No silêncio que se segue, retiro meus dedos do braço dele.

— Ainda não acredito que você está pilotando um Stearman PT-17 — Bianchi diz, balançando a cabeça com um sorriso.

— Você contou pra ele? — Maria pergunta, aparecendo aparentemente do nada, corada e suada. Pierre e Del Orbe seguem de perto atrás dela, ainda incapazes de acompanhar.

Nosso sétimo período acabou e finalmente chegou a hora do jantar.

— Conto ou quê? — Pierre quer saber.

— Rambeau e Danvers estão fazendo aulas de pilotagem. É aonde elas têm ido — Bianchi conta.

— Eu falei pra vocês — Del Orbe diz.

— Não, você não falou. Você disse que elas estavam indo ao aeroporto pra *observar* aviões, não *pilotar* — Pierre corrige.

— Vocês estavam no aeroporto? — Del Orbe pergunta, construindo sua argumentação.

— Sim, mas…

— Vocês observaram aviões? — Del Orbe agora está andando na nossa frente como se estivéssemos depondo.

— Sim — Maria responde.

— Protesto negado! — Del Orbe exclama, batendo a mão no ar na frente de Pierre.

— O que você está fazendo? — Bianchi pergunta, rindo.

— Inocente, vossa excelência! Ganhei a aposta — Del Orbe afirma, caminhando em direção a Mitchell Hall com o braço erguido em vitória.

— E você se pergunta por que não te contamos antes — digo. Seguimos atrás de Del Orbe.

— Ah, eu não me perguntei por que você nunca nos contou — Bianchi diz.

— Vocês me devem um refrigerante — Del Orbe grita olhando para trás.

— Não te devemos nada — Pierre murmura, correndo para alcançá-lo.

— Ele te contou por que chama o avião de *sr. Boa-noite*? — Bianchi indaga.

Nego com a cabeça.

— Ele disse que contaria depois, mas nunca contou.

— Quero dizer, não é nada bom, certo? Você não chama seu avião de *sr. Boa-noite* se as coisas estiverem bem — Bianchi diz.

— Acho que as coisas sempre estiveram bem para o *sr. Boa--noite* — replico.

— Só não são boas para todo o resto — Maria completa, rindo.

Durante o jantar, fico desconfortável com o quanto preciso que nosso plano funcione. Sou assombrada pela vastidão do meu sonho agora realizado de voar e pelo medo de ter aquele *clique* facilmente tirado de mim se todas essas peças não se encaixarem.

Sei que não é assim que funciona. Mesmo se não conseguirmos, a experiência não terá sido em vão. O conhecimento, no entanto, parece estar preso na camada superior do meu cérebro, junto com o ano do discurso de Gettysburg e as diferentes partes de um átomo.

Eu sei essas coisas academicamente. Intelectualmente. Logicamente.

É como Jack disse: mesmo se você for o melhor piloto do mundo, às vezes as coisas dão errado.

Mas como eu poderia aceitar isso? Como aceitar que não posso fazer algo que nasci para fazer, não porque não sou boa o suficiente ou porque não mereci, mas simplesmente porque sou mulher?

Eu *nunca* vou aceitar isso.

— Atenção! — Maria exclama, pedindo silêncio pela aproximação do capitão Jenks.

Todos nos viramos para cumprimentá-lo. Permanecemos atentos quando Jenks nos olha, cobertos de suor e grama. Bianchi e eu estamos no final da fila porque ficamos para trás a caminho de Mitchell. Espero que dessa vez Jenks não me note nem me humilhe. Olho para a frente, sentindo Bianchi parado e imóvel perto de mim. Juro que posso sentir a pressão atmosférica em torno do nosso grupo mudar quando Jenks para na minha frente. Fico firme, sem piscar. Ombros para trás. Queixo para cima. Costas contraídas.

— Aviadora Danvers, estou animado por você se juntar a nós no show aéreo amanhã — Jenks diz.

— Sim, senhor — respondo, com a voz cortada e eficiente.

— Tenho pensado muito no que o instrutor de cadetes Wolff disse sobre a habilidade de… bem, *certas pessoas* aprenderem, e acredito que você achará a excursão de amanhã altamente educativa — Jenks diz.

— Sim, senhor — digo. Suas palavras me mergulham embaixo d'água.

— Eu gostaria que você prestasse muita atenção ao fazer um balanço dos pilotos. Estou curioso, aviadora Danvers, para saber se você vai conseguir ver a diferença entre eles e você.

— Sim, senhor — repito, me afogando.

— Você quer provar que o instrutor de cadetes Wolff está certo, não é? — Jenks se inclina, sua voz é baixa. — Que você pode aprender? — Sua voz sai abafada e distante. Por mais próximos que meus amigos se tornaram, nunca me senti tão sozinha.

— Sim, senhor — estou gritando. E desaparecendo.

— Então, vamos ver se amanhã você vai enfim aprender exatamente o quanto você não se encaixa entre as fileiras desses estimados pilotos. Uma olhada superficial deve ser o suficiente — Jenks dá a volta atrás de mim — para iluminar suas deficiências.

ESCURIDÃO.

— Sim, senhor. — Minha própria voz está em outro lugar. Fora de mim.

Quando nossa interação termina, o grupo faz uma saudação e, sem dizer mais nada, Jenks segue com um suspiro satisfeito. É Maria quem eu vejo primeiro, surgindo na minha frente de repente.

— … bem? Danvers? Você está bem? — Seu rosto está embaçado e sua voz vem de algum lugar distante. A mão de Bianchi está apertada em volta do meu braço, e levo alguns segundos para perceber que ele está, de fato, me segurando. Del Orbe e Pierre estão se balançando no lugar, preocupados e frustrados por não poderem ajudar.

— Por que ele me odeia? — pergunto. Sinto a tristeza, a raiva, a derrota, a dor, a desesperança e a confusão no meu peito subindo pela garganta, arranhando-a e rasgando-a.

— Porque você é a melhor — Del Orbe responde. Posso ouvir a frustração em sua voz. Todos nos viramos. Ele está sacudindo a cabeça.

— Mas ele não quer que sejamos os melhores? — pergunto, odiando o quanto Jenks continua a me afetar.

— Sim, ele vai nos permitir ser ótimos, desde que a gente aja exatamente como ele — Pierre diz com amargor.

— Jenks era um Thunderbird. Ele pilotou em combate. Ele era você na turma dele. Então como poderia ter orgulho de ser membro de um clube superexclusivo, se sente que estão deixando qualquer um entrar? — Maria pondera.

— De alguma maneira doentia, aposto que ele acredita que está protegendo a santidade de seu cargo — Bianchi diz.

— E é aí que eles começam a dizer coisas como… — Del Orbe começa. — "Você tem um talento natural."

— "Você tem sorte" — Maria diz.

— "Você adora se mostrar" — Pierre fala.

— "Você se esqueceu de pedir permissão, Danvers" — Del Orbe diz.

— "Você se esqueceu de ser grata" — Maria fala.

Eles permanecem ao meu redor, e não sei o que dizer. Não, isso não está certo. Não quero dizer nada. Quero gritar. Rugir. Correr até Jenks, prendê-lo no chão e fazê-lo me ouvir enquanto eu descrevo todas as maneiras pelas quais ele está errado.

Ele está errado.

Certo?

CAPÍTULO 12

— Eu peguei a mesma coisa pra todo mundo. Não consegui me lembrar… peguem logo — Bianchi diz, entregando um refrigerante para cada um.

— Você entrou em pânico — digo, pegando o meu e o de Pierre.

— Eu não entrei em pânico, tomei uma decisão — Bianchi retruca, passando os dois últimos para Maria e Del Orbe.

— Ele entrou em pânico — Del Orbe afirma, e todos repetem.

— De nada, estranhos que costumavam ser meus amigos — Bianchi diz, sentando-se ao meu lado.

— Senhoras e senhores! — A voz soa através do alto-falante, e nós cinco imediatamente nos sentamos e olhamos para o céu.

— Queremos recebê-lo no show aéreo de hoje!

Um bombardeiro B-52 cruza o céu. O grito agudo de seu motor força algumas pessoas da plateia a tapar os ouvidos enquanto ruge acima. Seu guincho de pássaro desmente a envergadura gigantesca e absoluta do avião. Todos nos inclinamos em direção ao som.

— Certo, isso foi legal. — Maria parece uma criança de novo. Olho para seu rosto radiante, finalmente liberando o ranço persistente do encontro de ontem com Jenks.

O locutor apresenta uma equipe de acrobatas de helicóptero de Houston.

— Eu vi os Silver Eagles quando era criança. Eles estão separados agora, mas, cara, eles eram legais — Pierre grita sobre o estrondo e o ruído do show aéreo.

— Que chocante! Pierre falando de helicópteros — Del Orbe brinca. Observamos os helicópteros zunindo e girando, a fumaça saindo por trás. Lá pelo quarto número, o que estamos assistindo já nem parece real.

— Eles me fazem querer pilotar. Me fazem querer subir lá em cima — Pierre afirma.

— Por favor, diga que você sabe que falou isso literalmente mil vezes — Bianchi diz para Pierre.

— O que é apenas uma parte das vezes que você falou sobre querer voar em combate... — Pierre para. Bianchi finge estar verdadeiramente ofendido.

— Não quero mudar de assunto, mas... — Del Orbe interrompe.

— Mudando de assunto mesmo assim — Maria completa.

Del Orbe solta uma risada e continua:

— Queria que a gente pudesse ver o senador John Glenn. Ele costuma fazer um *meet-and-greet* no palco. Tenho uma lista de perguntas e pretendo seguir todos os conselhos que ele me der.

— Que chocante! Del Orbe falando sobre virar um astronauta — Pierre diz. Del Orbe empurra Pierre, e eles se dissolvem em risos.

— Nós vamos lá. E ponto-final — Del Orbe fala.

— Não. De jeito nenhum. Eu vou fazer papel de bobo — Bianchi diz, corando.

— Ah, você devia ir lá falar com ele. Quero dizer, por que não? — pergunto, cutucando-o.

— Por que não? Você não ouviu quando eu disse que faria papel de bobo? — ele devolve a pergunta.

Eu bato as minhas mãos.

— Está decidido. Nós vamos. Quando será? — pergunto para Maria.

— Três da tarde — Maria responde.

— Combinado — digo. Todos seguem em frente, enquanto Bianchi parece entrar em pânico lentamente pensando no próximo evento.

Os helicópteros terminam as acrobacias. O inconfundível rosnado e o ronronar de um motor roncam cada vez mais perto do centro de exposições.

— Não — digo sem acreditar. — Não é possível. Não mesmo.

— Por que eles não comentaram nada? — Maria pergunta.

— Do que vocês estão falando? — Bianchi quer saber.

O Stearman PT-17 de 1942 ruge pelo céu, e Maria e eu gritamos e gritamos quando o locutor apresenta Jack e Bonnie.

— Senhores, conheçam o *sr. Boa-noite* — Maria diz, apontando para o céu.

— Você está brincando comigo? — Bianchi pergunta. O *sr. Boa-noite* sobe no horizonte, dando piruetas e baixando como uma folha ao atingir sua altitude máxima.

— Como assim esse é o mesmo avião em que voamos todo domingo? — Maria indaga, observando-o se mover pelas nuvens dispersas como se fosse um brinquedo de metal na mão de uma criança, fazendo curvas impossíveis e mergulhando pelo campo de maneiras que parecem desafiar a física ou a lógica.

O avião sobe novamente, virando para a esquerda e descendo em espiral, como se tivesse perdido energia. Maria e eu nos inclinamos para a frente, sem saber se o avião está realmente caindo. De repente, sinto medo pelos pilotos que sabemos que estão dentro de suas garras. Agarro a mão de Maria, aterrorizada pelo que estou prestes a ver…

E então *sr. Boa-noite* dá um rugido de volta à vida, levando a plateia à loucura.

— Boa noite — digo, finalmente soltando o ar. Maria e eu nos entreolhamos.

— É aquilo…? Você…? Não pode ser por isso que deram esse nome, pode? — Maria pergunta.

— Definitivamente não é por isso — Bianchi diz, observando o avião dar piruetas pelo céu mais uma vez. A multidão está de pé aplaudindo a performance, e nos juntamos a eles.

Depois, há a apresentação de um F-14 Tomcat. Assistimos espantados uma minúscula mulher caminhando nas asas do antigo biplano. Há também equipes de paraquedistas e até um avião trimotor de 1929, que parece elegante e moderno em toda a sua glória de prata e azul. Em um ponto, há até um palhaço paraquedista.

E então…

— Senhoras e senhores! Os Thunderbirds da Força Aérea dos Estados Unidos estão extremamente felizes por estar com vocês aqui hoje. — A multidão se levanta mais uma vez. É para isso que todos viemos. O locutor continua: — Se olharem para o centro de convenções, verão as equipes de manutenção e os pilotos do Thunderbird começando a marchar até as aeronaves. — Todos os olhos se voltam para as colunas de homens caminhando em direção aos seis belos F-16 do outro lado do campo de voo.

— Olhem esses F-16! — Maria expira enquanto se deixa levar.

Seis F-16 Fighting Falcons estão no meio do campo. Pintados de azul, com detalhes em azul e vermelho, eles são as coisas mais bonitas que já vi.

— Até o fim do dia, vou tocar num desses aviões — anuncio.

— Entendo o que você quis dizer, mas isso soou muito estranho — Maria diz rindo.

— Você devia ver o gesto que eu contive por sua causa — respondo.

— Vamos ver, Danvers — diz ela. Estendo a palma da mão, e fecho os olhos com reverência, como se estivesse sentindo o calor de um fogo crepitante. Abro os olhos, recolho minha mão e não consigo evitar dar risada.

Voltamos nossa atenção para o campo. Um a um, os Thunderbirds vão subindo em seus aviões. Todos notamos que eles são exatamente iguais a Jenks.

Sinto de verdade o peso ao redor de nós cinco quando as palavras de Jenks retornam para nos lembrar de quem somos e, mais importante, quem não somos.

— Fig Newton — Pierre solta.

— O quê? — Maria pergunta.

— Lloyd 'Fig' Newton. Não acredito que esqueci — Pierre diz. No campo de pouso, os Thunderbirds começam suas checagens no solo.

— Do que você está falando? — Del Orbe pergunta.

— De um piloto afro-americano que foi um Thunderbird nos anos setenta. E, só pra deixar claro, já que sei que todos estão pensando nisso: não, ele não se parecia nada com Jenks — Pierre diz. Todos nós olhamos para o campo. — Se ele conseguiu…

— Nós também podemos — finalizo. Pierre olha para mim e concorda com a cabeça.

— Nós também podemos — repete ele.

Os F-16 ganham vida.

— E agora, senhoras e senhores, vamos começar a demonstração de voo de hoje!

Quatro dos F-16 rugem pelo céu em uma formação de ponta de seta.

— Olhem aquilo — Del Orbe grita, apontando para a parte de baixo dos aviões. Há um gigantesco pássaro azul pintado ali, no estilo indígena.

— Por que só quatro? — pergunto.

— Os outros dois são solos — Pierre explica.

Os F-16 passam de uma formação de ponta de seta para uma arredondada. Os aviões estão tão próximos uns dos outros que parece que alguém os pendurou na parede usando um nível e uma régua. Estão tão perfeitamente alinhados que é fácil esquecer que estão voando provavelmente a mil quilômetros por hora.

Os dois pilotos solo, em posições opostas, fazem *rolls* de quatro tempos no centro de convenções. Da esquerda, os outros quatro aviões se aproximam de nós em uma formação de diamante. O arranjo faz uma transição perfeita para um *roll* em formação de diamante. Antes que nossos arrepios se dissipem após a última acrobacia, somos levados a olhar para o horizonte para os dois aviões que se preparam para fazer um *crossover break* — que parece o jogo simétrico mais assustador do mundo inteiro.

Perco o fôlego quando os dois aviões passam um pelo outro e, em seguida, nossa atenção é direcionada para os outros quatro aviões, que agora estão se aproximando em uma formação de trilha. Somos informados de que o Thunderbird One —

o líder — vai exigir que voltem para a formação de diamante. Quando o asa e o piloto se movem para suas posições de diamante, é como se estivéssemos observando os intrincados mostradores e engrenagens de um relógio.

Então, de repente, um dos aviões solo faz um *looping* no horizonte. Seu trabalho, o locutor nos diz, é emparelhar na formação de diamante. O avião agora está subindo dezesseis quilômetros por minuto, e sua tarefa é alcançar os outros quatro aviões bem na frente da multidão. A plateia faz silêncio. O avião solo cruza a formação de diamantes bem no centro de convenções, e a multidão enlouquece. Ele se posiciona na frente, e eles sobem alto no céu.

— Essas são as manobras pelas quais eles são conhecidos — Maria diz, mal conseguindo se conter.

— *Bomb burst* e *crossover* — Pierre diz para todo mundo, mas para ninguém em especial.

Estamos extasiados enquanto os aviões em formação de diamante sobem cada vez mais alto. Cada avião parece uma folha ao vento, deixando um rastro de fumaça branca atrás de si. O *bomb burst* é como uma explosão de aviões e preenche todo o céu conforme os quatro aviões soltam fumaça bem no meio do centro de convenções.

— Se eles fizerem o *crossover* de novo… no meio de toda essa fumaça… — Estou preocupada.

— Eles conseguem — Maria diz.

A fumaça da explosão se espalha pelo céu, e podemos apenas observar os dois aviões solo se prepararem para mais um *crossover*. Só que, desta vez, eles terão que fazer a manobra em um céu completamente cheio de fumaça. Não serão capazes de se ver. Olho um avião, depois o outro, depois o primeiro de novo. Não tenho ideia do quão perto estão um do outro.

— Eles vão bater! — exclamo, e Maria pega minha mão e segura firme. A mil quilômetros por horas, leva apenas alguns segundos para os dois aviões passarem um pelo outro. A impressão é de que não há espaço entre eles, apenas uma distância equivalente a um fio de cabelo.

— Viu? — Maria diz. Meu olhar vai dela para a minha mão, onde seus dedos deixaram uma marca clara. — Eu nunca duvidei.

— A-ham — digo, revirando os olhos e massageando os dedos.

— Isso foi incrível! — Pierre exulta.

O locutor agradece os Thunderbirds e nos lembra que John Glenn fará sua aparição ainda esta tarde. Depois, nos convida para assistir à apresentação de uma banda de funk que encerrará o show aéreo.

— John Glenn, DEPOIS uma banda de funk? Que tipo de sonho estamos vivendo? — Bianchi diz, enquanto saímos das arquibancadas junto com os milhares de outros espectadores.

— Eu ainda vou tocar num daqueles aviões — repito, notando que não só os Thunderbirds saíram de seus F-16, mas agora estão entre a multidão, apertando mãos e distribuindo autógrafos. Examino a massa atrás deles e percebo que estão permitindo que as pessoas voltem para observar os F-16.

Essa é minha chance. Olho para Maria. Ela está pensando a mesma coisa.

— Nós vamos pra fila pra conhecer o senador Glenn, então nos encontramos lá depois que você... tocar no avião — Bianchi diz ceticamente, tentando me agradar, mas olhando para mim como se eu fosse uma louca.

— Maria também quer tocar no avião — digo. Todos os olhos se voltam para ela.

— Certo. Eu também gosto de tocar em aviões — Maria concede.

— Tocadora de aviões — Pierre brinca, sem conseguir segurar um risinho.

— Vão lá tocar seus aviões, então, senhoritas, e eu vou conhecer um herói americano — Del Orbe diz.

— Ah, espere um minuto. Nós queremos conhecer o senador Glenn. Só…

— Só depois que você tocar num avião, já sabemos — Bianchi diz com uma risada, fazendo tchau enquanto nos separamos.

Maria e eu percorremos a multidão em direção ao aeroporto. Mal podemos nos conter. Hoje foi mágico. Verdadeiramente mágico. Um lembrete sobre o que é tudo isso, e não tem nada a ver com Jenks. Não preciso tentar me provar para ninguém. Nada disso.

Trata-se de amar pilotar.

Ponto-final.

Eu sorrio e… ah, cara, é tão bom. Maria e eu nos apressamos e, ao chegar, estamos quase correndo, ansiosas.

A multidão ao redor dos Thunderbirds diminuiu um pouco, então não demoramos muito tempo para chegar ao chefe do grupo. Lá na frente, está um dos Thunderbirds. Ele é alto, imponente e, como Jenks disse, não se parece em nada comigo. Finalmente o alcançamos.

— Bem, olá — cumprimenta ele, autografando uma foto dos aviões em uma de suas formações.

— Somos cadetes de quarta classe, senhor — digo, tentando não chamar atenção para quão jovem eu pareço ser.

— Suas famílias devem estar orgulhosas — ele fala, entregando uma foto para cada uma de nós.

— Estão, senhor — Maria responde.

— Queria que minha filha estivesse aqui para conhecer vocês duas — diz ele, tirando os óculos de sol. Seus olhos castanhos são... bondosos. Talvez ele não se pareça com Jenks tanto quanto eu pensei quando vi os Thunderbirds atravessando o campo.

— Senhor? — pergunto.

— Ela ainda é novinha, mas sempre sonhou em pilotar. — Parece que ele está prestes a falar mais, mas, nesse momento, é cercado por uma sala de aula inteira de alunos do jardim de infância. Maria e eu ficamos lá por um segundo, sem saber se o ouvimos direito.

— Ele disse o que eu acho que disse? — indago.

— Ele disse — Maria responde, solene. Ficamos ali por alguns instantes, atordoadas.

— Temos um avião para tocar — digo enfim, alinhando-me com o F-16 que eles ofereceram aos espectadores do show aéreo. Damos uma volta em torno do avião em uma espécie de névoa de admiração e respeito. E nos perdemos de vista em nossos próprios mundos.

De perto, o avião é requintado. Brilhante e poderoso. Elegante e enganosamente simples. Viro a cabeça e meus olhos se fixam na cabine.

Dou um passo à frente e bem ali, abaixo da cabine, estendo a mão e a coloco no corpo do avião. O metal é liso, e a sensação na minha mão me puxa para dentro.

— Um dia... — falo para o avião, me demorando com a mão sobre ele.

CAPÍTULO 13

— Você está puxando muito cedo, Danvers. Faça de novo. Vamos ver se funciona na sexta vez — Jack fala pelo rádio.

Eu gemo audivelmente. Estamos na nossa lição final de voo, e ele, fiel ao que prometeu em nosso primeiro dia, insiste em me ensinar a cair. Ou, como ele gosta de dizer, o *desligamento do motor*. Maria, aliás, passou seu último voo fazendo uma série de *rolls*, como Bonnie havia prometido. Não que eu esteja com inveja ou algo assim.

Da primeira vez que tentamos um divertido *desligamento do motor*, eu, nervosa (e com razão), apertei a buzina duas vezes porque nós estávamos, de fato, caindo. Espero Jack fazer alguma coisa. Me oferecer ajuda? Salvar o dia? Em vez disso, tudo o que ouço através do rádio é a voz seca e nebulosa de uma palavra:

— Não.

Nivelo o avião, e ele apenas me instrui a tentar novamente.

— Vamos começar de novo. Reduza o ritmo — Jack ordena, e sigo suas instruções à risca. Não consigo fazer minhas mãos pararem de tremer. *Respire fundo. Certo... foco.* Pisco e tento puxar os ombros para trás. Mais uma respiração profunda, tentando me aprumar. — Deixe o nariz cair. Deixe cair, Danvers. Para o horizonte, não abaixo dele. Deixe cair. Reduza a força do motor até desligar. Até o final, Danvers. Continue puxando o câmbio para trás. O que acontece se esses movimentos não forem coordenados?

— Eu entraria em espiral — grito, mais para mim do que para Jack, pois sei que ele não consegue me ouvir, e também sei que ele sabe que estou terrivelmente ciente de que a consequência de errar é girar ou simplesmente cair do céu. Sem pressão, no entanto.

— Segure o nariz, Danvers. Segure o nariz…

E é aí que a buzina começa a tocar. Alguém pode argumentar que esta sirene estridente está me dizendo para desistir do que estou fazendo e tentar consertar as coisas. Que até o *sr. Boa-noite* acha que não é uma boa ideia. Mas aparentemente não. Parei o *sr. Boa-noite* nas minhas últimas cinco tentativas. Um milissegundo depois que a buzina soa, estou levando o avião de volta à potência máxima. Mas não desta vez.

Segure o nariz, Danvers. Para o horizonte, não abaixo dele. Segure o nariz. O avião está perdendo força. O sr. Boa-noite *está dizendo boa noite. Estamos caindo. Estamos caindo. E então o avião só… para.*

Estamos caindo.

O nariz do avião mergulha. Tudo está muito quieto, exceto pela buzina estridente e os gritos abafados dentro da minha própria cabeça.

— Espere pela parada, Danvers — vem a voz pelo rádio. — Espere.

Meu corpo inteiro está me dizendo para levar este avião para cima. Para me salvar. Para consertar isso. Fazer o certo. *Lute contra isso, Danvers. Lute. Eu posso fazer isso. Espere a parada. Preciso confiar em mim mesma. Vamos lá. Eu consigo.* Minha mão agarra o acelerador. Minha respiração está firme. Meus olhos focam.

Sinta. Espere… Espere… Segure… É bem…

Agora. AGORA! Aí está a parada. Consigo sentir. CONSIGO SENTIR.

E dou força total ao *sr. Boa-noite*, puxo o nariz de volta para o horizonte, acerto o leme, trago as abas para cima e recupero a altitude de cruzeiro.

— Sim, agora sim, Danvers! Agora sim! — Jack diz pelo rádio, irradiando orgulho. É a primeira vez que ele parece empolgado com outra coisa que não seja a torta de cereja de sua esposa.

— EU CONSEGUI! Viva! — Agarro a buzina e buzino e buzino e buzino e buzino. Aparentemente, quatro buzinadas significam *Eu venci meus medos e confiei em mim*.

— Agora vamos de novo — Jack diz.

E mal posso esperar.

Depois de três desligamentos totais, eu oficialmente ultrapasso as quarenta horas necessárias para o exame de brevê de piloto particular. Então, a voz de Jack soa pelo rádio:

— Leve esse avião para casa e pouse — Jack diz. Meu coração dispara.

É a primeira vez que Jack me deixa pousar o *sr. Boa-noite* sozinha.

Quase não consigo me conter. Viro o *sr. Boa-noite* e me dirijo ao hangar 39.

— Pouse nos seus próprios termos, Danvers. Não nos termos deles — Jack aconselha enquanto atravesso as nuvens.

Ele passa o tempo todo conversando comigo, me direcionando, me guiando. Orientando-me a colocar o *sr. Boa-noite* no nível que ele precisa estar. Conversando com a torre, verificando o céu, alinhando o avião com a pista, mantendo minha cabeça no lugar, me indicando quando aplicar menos potência e mais potência, e então o chão se aproxima rápido, cada vez mais perto, e estou tão viva quanto nunca ao sentir os três pneus do *sr. Boa-noite* tocarem a pista... talvez com apenas uns dois[2] pulinhos.

— Consegui! — eu grito, lançando um punho no ar.

— Teria sido melhor sem nenhum pulo, Danvers, mas foi muito bem-feito — Jack diz enquanto desaceleramos e taxiamos o avião para fora da pista e para o hangar 39.

Pulo para fora do *sr. Boa-noite* e espero enquanto Jack desce da cabine traseira.

— Como você se sente? — ele pergunta conforme caminhamos de volta para o hangar.

— Me sinto superpronta para a prova. Fizemos fichamentos, e temos estudado todas as noites. Vamos arrebentar na prova escrita e na prática, é a prova oral que...

— Danvers — Jack me interrompe.

— Você está bem? Está tudo bem? — pergunto. — O quê? Eu... Fiz algo errado?

— Não, garota — responde ele.

— Então o que foi?

— Você está orgulhosa, Carol? — pergunta.

— O quê? — Sua pergunta me pega completamente de surpresa.

— Você. Está. Orgulhosa? — ele repete a pergunta, cortando a frase simples em pedaços ainda menores para que eu possa compreender.

Minha mente é uma profusão de justificativas diferentes e maneiras de diluir minhas emoções, há também o impulso de dizer *sim, com certeza, estou orgulhosa*, mas Jack é um

---

2 Ou um pouco mais.

professor tão bom e talvez isso tenha sido fácil demais e ainda não passei na prova. Ainda não entrei nos Flying Falcons, e eu deveria me orgulhar se isso tudo for por nada?

Jack espera. Desvio o olhar. Cruzo, descruzo e recruzo os braços sobre o peito. Suspiro. Balanço a cabeça. Estou lutando. Do mesmo jeito que lutei para evitar puxar o *sr. Boa-noite* para cima antes de sentir a parada.

Espere pela parada, Danvers.

Começa com um calor no meu tronco. Assustador e intenso. Sinto vontade de rir e chorar ao mesmo tempo. Tento respirar para me acalmar. *Não lute. Confie em si mesma. Eu consigo.* E finalmente permito que esse calor inche e irradie por todo o meu corpo. E, quando olho para Jack, meus olhos estão brilhando de lágrimas.

— Sim, senhor. Estou orgulhosa de mim mesma — digo, com a voz engasgada e rouca. Ele exibe aquele sorriso torto dele, dá um aceno curto com a cabeça e continua em direção ao hangar. Mas, assim que passa por mim, ele para e diz:

— Você é uma boa pilota, Danvers. — Eu assinto, mostrando que ouvi e que não vou discordar dessa vez.

— Obrigada, senhor — eu falo. Uma piscadela rápida e Jack desaparece no hangar.

Maria e eu ainda estamos exultantes ao voltarmos para o campus naquela tarde.

— Na primeira vez que tentamos o *roll* lento, eu puxei e não fizemos uma espiral. Eu congelei bem quando estava de ponta-cabeça. O mundo todo estava... de cabeça pra baixo, e eu estava aqui, e tive certeza de que meus cintos cederiam. — Maria está falando a mil por hora e gesticulando com tanta ênfase que acerta uma mão na janela do passageiro. Ela distraidamente massageia os nós dos seus dedos. — Bonnie entrou e teve que terminar a manobra. Você sabia que a família dela era fazendeira e que ela pilotava um avião irrigador? Foi assim que ela começou. E simplesmente… começou a fazer espirais com o avião POR DIVERSÃO. Ninguém nunca a ensinou. Pode imaginar? Ter tipo quinze anos e… fazer manobras com o avião? — Maria se recosta no assento, respira fundo, atira os braços para a frente e grita. — Isso é a coisa mais legal! — Olho para Maria, que enfiou toda a nossa papelada debaixo da perna. Jack e Bonnie nos deram tudo o que precisamos para fazer a prova no próximo domingo.

Eu murmuro em concordância, mas, agora que a alegria absoluta do momento começou a se dissipar, sou dominada por um sentimento além da pura emoção. A verdade é que fico mais nervosa a cada passo que damos em direção ao nosso objetivo.

Eu quase derrubei um avião hoje. Mas o que mais me assustou foi permitir que aquele sentimento de orgulho finalmente se espalhasse através de mim sem restrições.

Eu sou uma boa pilota.

Por que isso é tão difícil de aceitar? Não é para me gabar, é apenas necessário.

— Você é uma boa pilota, Maria — digo, quando enfim entramos no campus.

— O quê? — Parece que eu acabei de dar um tapa nela. Estaciono o Mustang e saímos. — Você é uma boa pilota. Aquele *roll* foi… lindo. E essa é apenas a coisa brilhante que você fez *hoje* — continuo. Maria sorri e desvia o olhar. Observo-a lutando contra o elogio. Assim como eu.

— Obrigada. — A palavra veio, afinal, mas ela teve que travar uma guerra interna para conseguir dizer.

O frio paira ao nosso redor enquanto nos apressamos para o dormitório, e me pergunto por que não me sinto tão bem quanto deveria, sabendo onde fui capaz de chegar este ano. Sei que sou teimosa. Sei que posso ser muito focada. Já sei há algum tempo que, de alguma forma, entendo vulnerabilidade como fraqueza. Sei que minha necessidade de estar certa geralmente substitui minha necessidade de ser feliz. E sei, mais do que qualquer coisa no mundo, que, para poder sentir algum tipo de orgulho de mim mesma, eu precisava ter o reconhecimento de alguém de fato importante,[3] como eu descobri anteriormente naquela situação com Jenks.

Então por que não me sinto melhor agora, tendo enfrentado esses problemas todos os dias no campus, em todas as aulas com Jack e Bonnie? Em vez disso, sinto que perdi alguma coisa. E que preciso me preparar para o que virá a seguir, senão vou colocar em risco todos os meus planos.

— Você está bem? — Maria pergunta mais tarde naquela noite, enquanto nos preparamos para dormir. — Você está meio quieta.

— Só estou nervosa — respondo, me enfiando debaixo das cobertas.

Maria fecha o diário, apaga a luz e se acomoda na cama.

— Nervosa com o quê? — Sua voz enche o quarto escuro.

— Tudo — digo, antes que consiga me deter.

— Eu também — ela fala. Eu viro de lado.

— Sério?

— Ah, sim. Todo esse plano estava, não sei, meio distante por um longo tempo, e agora… — Maria solta.

— Você percebe o quanto quer que dê certo — completo.

— Isso, e… percebo o quanto não mereço — Maria diz.

---

3 E eu não sou uma pessoa importante.

— Eu entendo totalmente — digo, virando de costas e olhando para o teto.

— Você não odeia isso? Não é justo — continua ela. — Se minhas conquistas dependessem de um estudo científico ou um problema de matemática que eu tivesse que resolver, ficaria superóbvio que quem fez essas coisas mereceria estar no topo. Mas é como se eu fizesse todas as equações, estudasse todos os dados, chegasse às minhas conclusões e, na parte inferior da coluna, visse meu nome ali e, de alguma forma, isso apagasse todos os dados, fatos, provas e evidências, deixando apenas um dar de ombros gigante como resposta. Como se, tipo, porque sou eu, não vale, por algum motivo.

— Ser a melhor era muito mais fácil quando eu pensava que era só chegar em primeiro — digo.

— Né? Quem poderia discordar disso?

— Mas agora… não sei. Parece muito mais que isso. — Lembro da minha conversa com Bianchi durante a Aceitação. — Pensei que integridade era sobre como eu tratava as outras pessoas.

— Não, eu sei. Temos que ter isso por nós mesmas também.

— Argh, isso soa tão brega.

— Né? Queria encontrar uma maneira de isso não soar como uma novela pra adolescentes.

Ouço Maria se mexer na cama e, quando ela fala em seguida, sua voz está pingando mel, e ela assumiu um sotaque estranho.

— Você precisa amar a si mesma antes que alguém possa te amar, querida!

— Como não revirar os olhos ouvindo isso? — pergunto, rindo.

Ficamos em silêncio.

— Sou uma boa pilota. — A voz de Maria ressoa pela sala. Forte e orgulhosa. Um sorriso largo surge no meu rosto. Eu sei quão difícil foi para ela dizer, porque eu também precisei dizer a Jack hoje cedo, de uma maneira ou de outra.

— Sou uma boa pilota — repito.

Ficamos quietas por um bom tempo. Até que…

— Somos tão bregas — Maria diz, e posso senti-la sorrindo na escuridão.

— Muito bregas — repito, rindo.

CAPÍTULO 14

Maria e eu finalmente fazemos a prova de piloto particular para tirar nosso brevê.

Quando perguntamos quanto tempo levaria para receber os resultados, a mulher encolhe os ombros e diz que um mês ou dois. Se demorar um mês, tudo bem. Se demorar dois, tudo isso foi por nada.[4] Dica: uma buzinada.

Então, esperamos.

E a vida volta ao normal, seja lá o que isso signifique.

Sessões de estudo na biblioteca, gritos de *"Flickerball!"* para Pierre sempre que temos a chance, e eu evitando encontrar Jenks. Estava esperando que ele me procurasse na aula de voo seguinte para perguntar se aprendi alguma coisa no show aéreo, como ele ordenou.

Eu tinha planejado minha resposta — na verdade, era mais um discurso. Seria uma obra-prima de um monólogo que usaria suas citações diretas — que eu lembro literalmente, porque estão gravadas na minha memória — como

---

4 Argh, ok. Tem isso de construir caráter, me tornar uma pessoa melhor e perceber que não preciso ficar me provando constantemente.

pontos de partida para refutar tudo o que ele disse. Começaria com: *Dei mais do que uma olhada superficial, senhor…* depois, contornaria falando sobre relíquias, futuro e evolução. Até pratiquei em que momento eu o olharia diretamente nos olhos e quando faria uma pausa para obter um efeito teatral. Eu meio que esperava que ele se aproximasse de mim durante o show aéreo, então eu aguardaria um instante para olhar dramaticamente dele para os Thunderbirds de verdade, e lhe diria que era ele que não se encaixava ali, não nós. Daí ele começaria a chorar e admitiria o quanto tinha sido cego, e então eu estaria certa e feliz (porque não há razão lógica para que essas duas coisas não possam coexistir) enquanto o resto da classe de voo, liderada por Wolff, me levantaria nos ombros logo depois de me agradecer por finalmente acabar com Jenks.

Só que Jenks nem olhou para mim nas últimas semanas. E a parte estranha é: eu sinto falta. O que não contei a ninguém, nem Maria, é que quero que ele me odeie ou me admire. Não sei o que fazer com a indiferença.

— Você está indo pra lá? — Bianchi pergunta, me alcançando no caminho para a aula.

— Sim — digo, percebendo que ele está segurando um caderno na mão. Não é de ninguém que conheço. — O que é isso?

— Achei na última aula. É da Noble. Estava pensando se você podia entregar a ela mais tarde no dormitório — ele diz, me entregando o caderno.

— Ah, certo — respondo e pego o caderno.

— Tive que folhear pra descobrir de quem era, e… — Olho para ele. — Juro que não estava bisbilhotando. Estava só procurando um nome.

— Sim, eu já te conheço, Bianchi. — Ele levanta o olhar para mim. — Você está falando comigo como se eu não soubesse que você nunca bisbilhotaria as coisas de alguém. — Dou de ombros. — Sei que não faria isso.

— Ah. Bem… certo — ele diz, assentindo firmemente.

— Então você encontrou o caderno de Noble e…?

— Você sabia que ela quer ser astronauta? — ele pergunta.

— O quê? Sem chance — digo, sem pensar que Noble quisesse de fato ser algo além de desagradável.

— Eu sei. Pensei que Del Orbe era a única pessoa que conhecíamos que estava planejando ir pra NASA depois disso — Bianchi continua.

Assinto.

— Né?

— Eles teriam sorte de ter os dois — Bianchi diz. Ele me encara um pouco surpreso, porque estou olhando para ele com um sorriso pateta no rosto.

— O que foi? — Ele esfrega os cantos da boca. — Estou com pasta de dente ou…? — Ele passa a mão no nariz.

— Não, e são duas e meia da tarde. Por que você teria pasta de dente no rosto?

— Vamos — Bianchi diz, dando uma última passada de mão no rosto.

— Eu só ia dizer que eu estava errada sobre você — digo. Bianchi olha para mim chocado.

— Como é? — pergunta ele, incrédulo. — Acabei de ouvir Carol Danvers admitir que estava errada? Só isso já valeria um voo de Thunderbird.

Solto uma gargalhada.

— Carol Danvers também pode retirar o que disse, se você quiser.

— Não, é… — Bianchi sorri, quase para si mesmo. — Obrigado. Sei lá, significa muito pra mim.

Sorrio de volta.

— De nada.

Todos estão se reunindo quando chegamos à sala de aula.

— Então você vai entregar o caderno pra Noble? — ele pergunta.

— Sim.

— Tem muita coisa pessoal lá. Eu não gostaria… só não quero que isso caia nas mãos erradas, sabe? — Assinto para Bianchi enquanto ele se afasta no campo, me lançando um último olhar. Seu grupo está se preparando para a aula de Planagem. Eu seguro o caderno e dou um aceno breve, sinalizando que vou entregá-lo a ela.

— Aviadora Danvers.

Jenks. Eu paro. Fico em posição de sentido. Continência.

— Quais itens um cadete de quarta classe deveria ter ao frequentar Introdução à planagem? — Eu descrevo de maneira rápida e eficiente os itens que devemos ter conosco durante a aula. — Então você conhece as regras, mas insiste em não segui-las — ele diz, caminhando à minha frente.

— Senhor? — pergunto, incerta sobre o que fiz de errado.

— O caderno — Jenks diz.

Pelo canto dos olhos, vejo que Noble passa e nota que estou prestes a ter problemas com Jenks. Então o horror toma seu rosto quando ela reconhece o caderno na minha mão. Um caderno cheio de coisas particulares que Tom Bianchi fez questão de entregar em mãos a alguém que pudesse devolvê-lo da forma mais discreta possível.

— Sim, senhor — respondo, mantendo a voz o mais neutra possível.

— Esse caderno é seu, aviadora Danvers? — Jenks pergunta. Sinto o olhar de Noble em mim. Ela fica toda vermelha; eu mantenho os olhos voltados para a frente, e as feições, impassíveis.

— Sim, senhor — respondo. Em minha visão periférica, observo Noble relaxar o corpo, tomada por alívio. Jenks começa a me circundar, com as mãos cruzadas atrás das costas, o polegar se contorcendo. Eu me preparo.

— Várias semanas atrás, eu te dei uma tarefa. — Posso ver Maria e Pierre ao longe.

— Sim, senhor.

— O que eu te pedi?

— Para dar uma olhada superficial nos estimados pilotos do show aéreo e enfim aprender exatamente o quanto eu não me encaixo — repito as palavras dele literalmente, assim como pratiquei. Mas, de alguma forma, acho que o resto do meu discurso não vai sair como o planejado.

— E o instrutor de cadetes Wolff está certo? Apesar da sua incapacidade de seguir ordens simples, você pode realmente aprender? — Vejo Wolff prendendo o cinto em um dos outros aviadores para seu quarto e último voo no planador. Eu estava pronta para subir em terceiro. Hoje deveria ser incrível.

— Sim, senhor.

— E o que você aprendeu? — O caderno pesa em minhas mãos.

— Que o senhor estava certo — digo.

Jenks deixa escapar o fantasma de um sorrisinho.

— Devo dizer que estou tendo uma surpresa agradável. Por favor, continue.

— Que, depois de uma olhada superficial, parece que eu realmente não me encaixo entre os estimados pilotos, mas...

— Mas? — Jenks retorce os lábios.

— Eu dei mais do que uma olhada superficial, senhor.

— Ah, é?

— Sim, senhor.

— Então me diga, aviadora Danvers. O que descobriu?

— Que o senhor é uma relíquia, capitão Jenks. E é o senhor que não se encaixa entre os estimados pilotos. — Faço contato visual com ele. — Não eu.

Não é exatamente o discurso. Mas é alguma coisa...

Eu espero. Espero as lágrimas e a elevação nos ombros. Espero a emoção de estar certa estourando fogos de artifício por todo o meu corpo. Em vez disso:

— Relíquia, que vem da palavra latina *reliquiae*, significa *resto*. Eu sou resto? Talvez você esteja usando a definição do século XIII para descrever os restos de um santo ou mártir. Embora eu me tenha em alta conta, não me imagino como um santo nem mártir. Você acha isso de mim? — Jenks dá uma volta em mim, com as mãos preguiçosamente entrelaçadas atrás das costas. — Infelizmente, aviadora Danvers, sua baixa inteligência levou você a escolher a palavra errada e, mais uma vez, se humilhar. — Jenks agora está se afastando. — Que pena, de verdade. Parece que você realmente praticou esse discurso.

E então tudo fica... VERMELHO.

— Maria e eu vamos nos inscrever para os Flying Falcons! — grito para ele, sem conseguir me refrear. Mas o capitão Jenks nem se dá o trabalho de se virar.

— Da última vez que verifiquei, vocês não tinham brevês de piloto particular, Danvers...

— Nós conseguimos — minto. As palavras jorram.

Agora Jenks se vira, com os lábios curvados no mais fraco dos sorrisos. E, neste instante, escuto a buzina do *sr. Boa-noite*.

Sei que me precipitei. Não confiei em mim mesma para sentir a parada. De novo. Eu precisava estar certa. Mais importante, eu precisava provar que *ele* estava errado.

— Então você e a aviadora Rambeau acham que vão poder se inscrever para os Flying Falcons, afinal. — Olho rapidamente para Maria, que observa, imóvel, eu colocar sua vida em minhas mãos enquanto o avião rodopia em direção ao chão. O que eu fiz?

— Sim, senhor — digo, tentando me acalmar e desejando poder desfazer tudo.

— Bem, então vamos ver se essa relíquia antiga pode fazer algo para impedir que isso aconteça — Jenks diz. Ele olha de mim para Maria, e seu olhar desdenhoso a atinge como um caminhão. Em seguida, balança a cabeça, se vira e vai embora.

A aula passa como um borrão. Não consigo me concentrar. Preciso falar com Maria. Preciso me acertar com ela. Fazer alguma coisa. Consertar tudo.

Quando enfim termina, corro atrás dela.

— Sinto muito — eu me desculpo ao alcançá-la. Ela olha para mim. Seu rosto está enrugado de mágoa e confusão.

— Por quê? Por que você fez isso? — ela pergunta. Sua voz é um apelo dolorido, e eu quase queria que ela estivesse furiosa. Enfrentar sua raiva seria mais fácil do que encarar sua tristeza. Isso parte meu coração.

— Eu não sei. O… o capitão Jenks…

— O capitão Jenks. Estou cansada de te ouvir falando do capitão Jenks. Você continua batendo nessa porta, e tudo o que vai conseguir é machucar a mão. Ele nunca vai abrir a porta pra você. Nunca. — Maria chega mais perto de mim. — Você precisa decidir por quanto tempo e exatamente o que está disposta a sacrificar, pra continuar acreditando que o jeito dele é o único.

Eu pensei isso inúmeras vezes, mas ouvir alguém falando assim de mim apenas reforça meu mal-estar por deixar isso acontecer. Mesmo que eu tenha chegado tão longe, aqui estou eu, mais uma vez sendo dominada por medos antigos.

— Maria, por favor.

Maria pega minhas mãos e as segura firme.

— Eu te amo, Danvers. Amo mesmo. Mas você precisa resolver isso sozinha. — Maria corre para alcançar Bianchi e Pierre, esperando respeitosamente afastados, deixando-me arrasada e sozinha (com razão).

— Eu também te amo — digo para ninguém.

— Sim, está bem — Noble responde, aparecendo do nada.

— É que… — Aponto humildemente na direção de Maria, mas desisto. — Deixa pra lá.

— Acho que você tem algo que me pertence — ela diz, olhando para o caderno na minha mão.

— Ah, sim. — Entrego o caderno para ela.

— Você não precisava fazer isso — ela diz, sem conseguir me olhar nos olhos.

— Precisava, sim. — Observo enquanto Maria, Bianchi e Pierre viram a esquina e desaparecem no campus. Noble folheia o caderno, conferindo seu conteúdo, certificando-se de que tudo está exatamente como deixou.

— Vi toda a minha vida passar diante dos meus olhos quando pensei que Jenks ia colocar as mãos nele — Noble diz, parando em um ponto do caderno. Seu olhar se acalma, e seus dedos se fixam suavemente em uma página, deslocando algo dobrado e escondido entre as folhas. — É tão bobo. Eu nem sei por que guardo isso. — Ela olha para cima e, com um suspiro decidido, me entrega o pedaço de papel dobrado.

— Você tem o direito de saber o que estava protegendo — diz ela.

Eu pego o papel. Parece um lenço, delicado e irremediavelmente frágil. Eu o desdobro com cuidado e vejo o colorido desenho de uma criança: uma menina de cabelo vermelho flamejante, vestida de astronauta, flutuando entre as estrelas. Observo o desenho com os olhos cheios de lágrimas. Os braços de palitinho da menininha, o círculo em ziguezague de um corpo, o sorriso vermelho e trêmulo em uma cabeça gigante.

— É maravilhoso — consigo dizer em um engasgo.

Isto é o que eu esqueci. Quem eu esqueci.

Passei toda a minha infância me desenhando entre aviões. Eu dentro de aviões. Ao lado de aviões. Eu sendo um avião. Paredes e geladeiras lotadas com esses desenhos. Pilhas e mais pilhas. Braços largos, sorriso vacilante ocupando toda a minha cabeça gigante em forma de batata. Planando no céu azul de giz de cera em meio a nuvens redondas e inchadas e um sol amarelo-banana com enormes óculos de sol.

Devolvo o desenho a Noble. Ela dobra o papel com cuidado e o guarda delicadamente no meio do caderno. Fecha a capa e leva o caderno junto ao peito, cruzando os braços com força.

— Você vai ficar bem? — Noble pergunta.

Uma pergunta tão simples.

Estou prestes a lhe oferecer uma resposta totalmente adequada sobre estar bem. A ser simplista, a ser legal. A desprezar tudo o que aprendi sobre mim desde que cheguei aqui e depois descobrir se passei no teste de piloto particular e depois me inscrever para os Flying Falcons e depois conseguir tudo o que sempre quis.

Mas nada disso importa se é isso que eu tenho que me tornar para conquistar o meu sonho.

Minha mente volta ao precioso desenho de Noble. Ao meu quarto de infância, completamente decorado com desenhos de um futuro em que a única coisa que eu faria seria voar.

Sem Jenks. Sem precisar me provar. Sem precisar bater em uma porta que nunca se abriria. Lembro do meu sorriso vacilante ocupando espaço na página.

Lembro da alegria.

— Estou trabalhando nisso — respondo.

CAPÍTULO 15

Na nossa mesa habitual no refeitório, estão discutindo animadamente qual família serve a melhor comida. Não é a primeira vez que falamos sobre esse assunto — quando se está com saudades de casa, comida caseira normalmente é a primeira coisa que vem à mente.

— Vocês são loucos — Del Orbe murmura com a boca cheia de carne assada. — Se pudessem dar só uma mordidinha no famoso *sancocho* do meu pai... — Ele para conforme deslizo para o meu lugar ao lado de Maria.

Todos ficam quietos olhando para suas bandejas de plástico, e sinto meu rosto esquentar. Estraguei tudo com o único grupo de pessoas que já chamei de amigos de verdade. Eu e meu temperamento estúpido e incontrolável. Não posso evitar isso. Não consigo fugir. Não posso fugir.

Maria fala primeiro.

— Del Orbe, por favor. Vocês não vão saber o que é comida de verdade até experimentarem o gumbo da minha avó — diz ela em alto e bom som. Ela me dá uma cotovelada e um sorriso pelo canto da boca, e eu relaxo de alívio. Lágrimas não derramadas se acumulam nos meus olhos.

Em meio à cacofonia de protestos e contra-argumentos que o comentário de Maria inspira — como ela sabia que aconteceria —, à descrição de Pierre da rabada de dar água na boca que sua avó faz para ele com amor, e às histórias de Bianchi sobre o nhoque de sua avó, eu permaneço em silêncio, deixando essas vozes familiares me envolverem como um casulo enquanto me repreendo por arriscar perder isso em nome do meu próprio orgulho egoísta.

O jantar acaba e atravessamos as portas do refeitório, caminhando para a Biblioteca McDermott para nossa sessão noturna de estudo. Mas preciso de espaço. Resmungo uma desculpa e saio em direção a… qualquer outro lugar. Meus amigos — seres humanos graciosos e maravilhosos que são — podem até ter me perdoado, mas eu não me perdoei. Preciso refletir, e penso melhor sozinha.

O que eu quero é sentar em um banco pitoresco e contemplar um pôr do sol inspirador. Meu cabelo poderia se soltar do coque, assumindo uma forma romântica na brisa, e uma única lágrima poderia escorrer dramaticamente pelo meu rosto conforme eu enfim compreendo toda a profundidade e extensão do significado da vida.

Em vez disso, encontro-me empoleirada em uma pedra irregular atrás de Mitchell Hall, e a única coisa impressionante que observo é a lixeira cheia de lixo do jantar. Tive sorte em uma coisa, no entanto. Alguém na cozinha está curtindo uma *mixtape* bastante animada. E, por mais que eu me esforce, é impossível mergulhar nas minhas profundezas melancólicas com esse ritmo alegre e divertido. Eu tento relembrar como cheguei aqui enquanto a fita cassete ressoa sua conversa não intencional.

Minha mente fica em branco.

Minutos se passam.

Estou acompanhando o ritmo da bateria com as mãos, na tentativa de dar um impulso ao meu cérebro. Mas, no fragmento microscópico de tempo entre as músicas, uma sensação de queimação se forma no meu peito e começa a subir pela minha garganta. E, antes que eu possa me perder na próxima música, seu fogo me envolve.

Parece que as lágrimas estão vindo de um lugar tão profundo que me assusta. Não, não quero ir até lá. Não, obrigada.

Entro no modo "conserto" imediatamente. Minha cabeça dói quando me forço a entender tudo isso, ou, pelo menos, a fazer uma lista coesa de explicações sobre por que estou chateada, combinando cada um dos itens com uma possível solução. Mas não consigo. Estou em uma espiral de pânico, e a única coisa que identifico é que estou triste e assustada. E não sei o porquê.

O que há de errado comigo?

— Vamos lá, Carol — engasgo, limpando com a manga minhas bochechas agora encharcadas.

Vejo flashes do rosto de Maria. Ela ficou tão magoada com a maneira como eu traí sua confiança com a minha imprudência, e ainda assim foi tão gentil. Os soluços explodem de mim assim que esse pensamento surge. Uma vozinha interior fica cada vez mais alta: *Você não merece tamanha bondade, Carol Danvers. Você é uma fraude, e todo mundo sabe disso, Carol Danvers. Você não é boa o suficiente, Carol Danvers.*

Teimosa até o fim, me levanto e tento evitar a dor, como se fosse apenas um músculo estirado ou um tendão distendido. Fico andando de um lado para o outro, e os soluços sufocados se transformam em respirações agudas e raivosas quando começo a ficar frustrada com minha incapacidade de me sentir melhor, pedir desculpas a Maria e seguir em frente.

Não consigo seguir em frente. Não vejo um caminho. O que eu mapeei anos atrás... não me serve. Jenks não me quer ali. Eles não me querem ali.

Por que iam me querer?

Sou uma boa pilota. Sou a primeira da minha turma. Eu me permiti aprender e trabalhei duro. Esperei pela parada e segurei o nariz. Confiei em mim mesma e construí meu caráter. Mantive minha integridade e parei de tentar me provar o tempo todo.[5]

— Por que não está funcionando? — solto um grunhido desesperado para mim mesma. Sento na pedra de novo e passo as mãos sobre o meu coque baixo em estilo militar. Finalmente, deixo minhas mãos caírem e enterro o rosto na cobertura que elas fornecem. Respiro profundamente. De novo. E então afundo no silêncio traiçoeiro de minha própria mente.

A verdade é que minhas tentativas de me acalmar e me assegurar de que fiz tudo o que podia para ser bem-sucedida aqui não estão funcionando, porque fiz todas essas coisas apenas para dizer que as fiz, que tentei, que dei tudo de mim para seguir meu plano.

As palavras de Maria explodem na minha cabeça: *Você precisa decidir por quanto tempo, e exatamente o que está disposta a sacrificar, pra continuar acreditando que o caminho dele é o único.*

Eu realmente acreditava que a maneira de Jenks era o único modo de obter acesso à imaginária sala VIP, onde ninguém se sente uma fraude. Onde todos se dão bem e cada membro é tão importante, respeitado e amado quanto o próximo.

Mas essa não é toda a verdade.

A verdade é que pensei que, se Jenks finalmente abrisse a porta e me desse as boas-vindas — me deixando entrar nos

---

5 Tirando o incidente de hoje à noite.

Flying Falcons para ser uma das primeiras pilotas de caça —, isso significaria que sou importante, quer eu acredite em mim ou não. Eu depositei tudo nele — minha autovalidação, meu senso de autoestima —, enquanto dizia a mim mesma que eu estava aproveitando meu tempo aqui, que estava no controle. Só que não acreditei.

O caminho de Jenks é mais fácil, mesmo com todos os obstáculos e sofrimentos. Porque, enquanto eu estiver tentando, tudo passa a ser culpa dele ou crédito dele. Posso culpá-lo por toda a minha dor e frustração e agradecê-lo por todos os meus sucessos, confortável de saber que meu destino está fora de minhas mãos. Ele me diria como me sentir e o que fazer a seguir, e eu nunca, nunca, me veria empoleirada em uma pedra estúpida atrás de Mitchell Hall, completamente no escuro indagando sobre o porquê de me sentir triste e assustada.

No caminho de Jenks, as respostas são como um problema de matemática: eu mostro meu trabalho, há uma resposta certa, e é tão simples que posso apenas escolher uma, para que outra pessoa me diga se está certa ou errada.

No meu próprio caminho, a resposta é essa bagunça desmedida de ideias semiformadas e flashes momentâneos de insights que nunca poderiam ser resumidos em uma escolha — e mesmo que pudessem, eu não saberia se estavam realmente certos.

Pensei que me deixar aprender significava saber o suficiente para passar nos testes *deles*. Aprender coisas para provar que *eles* estavam errados. Aprender para poder esfregar nos narizes deles (cinquenta por cento).

Mas, para dar certo — para dar certo de *verdade* —, tenho que estar disposta. Ou melhor, tenho que ser corajosa o suficiente para refazer meus passos até o primeiro dia em que repetimos o Juramento de Alistamento, o primeiro dia em que deixei Jenks ter poder sobre mim e o primeiro dia em que minhas respostas lhe disseram que ele era importante, e começar de novo.

Do meu próprio jeito.

Fico ali na pedra um pouco mais. A música é agradável, e o ar frio da noite, maravilhoso. Não sei o que vou dizer para Maria, mas acho que essa é a ideia desse novo caminho — seja o que for, vai ser honesto e vir do meu coração, e minha nossa, isso é muito mais aterrorizante do que qualquer coisa que Jenks poderia dizer ou fazer comigo.

Por fim, volto para o dormitório. Como ainda é cedo, acho que Maria estará na McDermott com Bianchi, Del Orbe e Pierre. Em vez disso, eu a encontro sentada em sua mesa, cercada por livros e papéis. Ela ergue os olhos quando eu entro.

Eu começo a divagar.

— Ei, então... hum, eu... — Só um PSC: é exatamente por isso que as pessoas planejam o que vão dizer. — Pensei que você estaria na McDermott.

Ela balança a cabeça.

— Não, eu... queria estar aqui quando você voltasse. Estava preocupada com você — Maria explica. A emoção explode de novo, mas desta vez eu sei que é o tipo de emoção boa, mesmo que pareça meio ruim e superdesconfortável.

E então eu digo:

— Não sei. — Respiro fundo. Levo um tempo para formar um pensamento claro na minha cabeça. Então fica claro. Sei o que tenho que dizer. — Eu também te amo.

— Danvers... — Maria começa.

— Isso foi muito difícil, e me sinto muito burra. Não sou muito boa… — Levo a mão ao meu peito e faço um carinho suave — … nisso.

— Danvers…

— Por favor. Você é a melhor amiga que já tive, e sei que estraguei totalmente as coisas com Jenks, e você tentou me avisar. O tempo todo você tentou me dizer que eu estava caçando sarna pra me coçar, mas…

— Danvers! — Maria grita, fechando seu livro. Paro de falar, me jogo na cama e me encosto na parede. Maria se vira na cadeira para me encarar. — Eu preciso… Bem, primeiro, nunca mais diga "caçando sarna pra me coçar".

Uma risada irrompe de mim; o alívio e a alegria me pegam completamente desprevenida.

— Positivo e operante — digo.

— As pessoas erram. Não é por isso que estou brava com você — Maria diz.

— Então por que você está brava? — pergunto.

— Na verdade, foi algo que Jenks disse, que… eu sei, ele é o pior. Mas, na verdade, ele estava repetindo Wolff, se é que isso ajuda.

— O lance de "poder aprender".

— Que soa bem parecido com…

— Permita-se aprender — finalizo.

— Sim.

— Não sei por que essas duas ideias me assustam. Eu realmente não sei.

— Elas também me assustam.

— Sério?

— Ah, com certeza. Mas acho que encontrei uma pista.

— O que é? — pergunto.

— Aperte os cintos, lá vem breguice — Maria diz. Finjo apertar os cintos e Maria ri. — Eu sabia que você ia fazer isso. — Ajeito o cinto imaginário, dou um aceno rápido e faço um sinal de positivo.

— Estou pronta — digo.

— O que você quer de Jenks? — ela pergunta.

Penso nas conclusões indesejadas, mas superesclarecedoras que tive sentada naquela pedra estúpida atrás do Mitchell Hall.

— Se ele acha que eu sou boa, então talvez eu possa acreditar que sou boa — respondo lentamente.

Maria assente.

— E o que aconteceria?

— Eu ficaria feliz. E finalmente sentiria que pertenço a algum lugar. Que sou importante. Que tenho valor.

— E o que você sente perto de mim?

As lágrimas são imediatas. Maria se aproxima e se senta ao meu lado. Não consigo olhar para ela. As lágrimas caem.

— Fico feliz. Sinto que pertenço a algum lugar. Que sou importante. Que tenho valor.

Maria pega minha mão.

— E você quer saber como eu me sinto perto de você?

— Sim — guincho através de lágrimas feias e bonitas ao mesmo tempo.

— Fico feliz. Sinto que pertenço a algum lugar. Que sou importante. Que tenho valor.

— Mesmo?

— Sim.

Solto uma risada, e Maria me puxa para um abraço.

— Você é tão teimosa, Danvers. — Sentamos na minha cama e choramos copiosamente pelo que pareceram horas,[6]

---

6 Ou dias.

mas que de fato são apenas alguns minutos. Quando finalmente nos afastamos, me sinto… mais leve.

Algo dentro de mim mudou, mesmo que seja um milímetro.

— Nós nunca vamos fazer parte do mundo de Jenks — digo com pesar.

— Não, não vamos — Maria concorda de bom humor, enxugando as lágrimas.

E então sorrisos surgem nos nossos rostos.

— Que bom — eu falo.

Maria segura minha mão.

— Ele pode ficar com o mundo dele.

CAPÍTULO 16

Os envelopes contendo os resultados dos nossos testes de piloto particular ainda estão em uma pequena pilha em cima da mesa antes imaculada de Maria.

Sem dizer uma palavra, passamos nossos dias tomando cuidado para não esbarrar ou mesmo olhar para os envelopes. Mas as inscrições para os Flying Falcons terminam no final do dia. Está na hora. Precisamos enfrentar isso.

— Vamos levá-los até a pista e abrir lá — sugiro. Os olhos de Maria vão para os envelopes e depois voltam para mim. Termino de amarrar meus sapatos e me levanto. A cada passo que dou em direção aos envelopes, os olhos de Maria se arregalam.

— Tá bom, mas… — Tudo o que ela vai dizer a seguir é cortado por um gritinho quando ela pula com um pé, o outro meio preso em um sapato, e quase tropeça enquanto corre para onde os envelopes estão. Vendo a posição comprometida de Maria, me adianto em um movimento rápido, pegando-os primeiro e segurando-os no alto. Dou risada da expressão carrancuda dela.

— Vamos lá. Chega disso. A inscrição termina hoje. Precisamos saber — digo com a melhor bravata falsa que consigo verbalizar. Maria abaixa os braços e respira fundo, resignada.

Nos vestimos para enfrentar o frio intenso do lado de fora. Enfio os envelopes no bolso da frente do casaco, enquanto Maria se equilibra em um pé, amarrando os cadarços do outro sapato. Ela está murmurando *tudo bem, tudo bem*.

Coloco o capuz para trás e olho para ela, divertida e levemente preocupada.

— Pronta?

— Não.

— Você acha mesmo que não passou? Tipo, sério mesmo? — pergunto.

— *Você* acha mesmo que não passou? Tipo, sério mesmo? — Ela devolve para mim.

— Humpf. — É o que consigo responder.

Estamos em algum tipo de jogo de confiar e acreditar em nós mesmas. Finalmente, Maria abre a porta e estica o braço, como que para dizer *primeiro você*. Saio relutantemente do dormitório e caminhamos até a pista em silêncio.

Bianchi, Del Orbe e Pierre já estão se alongando quando chegamos.

— O que há de errado? — Del Orbe pergunta.

— Vocês brigaram de novo? Não suporto vocês duas brigando de novo — Bianchi diz.

— Não, não estamos brigando — Maria diz. O alívio deles é instantâneo.

— Ufa — Pierre diz, limpando a testa de forma exagerada.

— Isto chegou pelo correio. — Mostro os dois envelopes com um floreio.

— É uma coisa curiosa essa, parece que os correios costumam entregar envelopes — Bianchi responde.

Eu reviro os olhos.

— São os resultados da nossa prova, espertinho. — Solto um suspiro de frustração pelas expressões vazias deles. — Do brevê de piloto particular!

— Fala isso dez vezes rápido — Del Orbe diz.

— *Brevê de pilotpaticula, brevdepilopartitura* — Pierre faz uma tentativa, antes de desmoronar em risos.

— *Partitura!* — Del Orbe solta, segurando Pierre pelo ombro.

— Já terminaram? — Maria pergunta, levantando uma sobrancelha. Eles não terminaram. E, em segundos, estávamos todos tentando dizer brevê de piloto particular dez vezes rápido. Quando nossa risada diminui, todos os olhos se voltam para os dois envelopes fechados.

— Sugiro vocês rasgarem esses envelopes e abrirem de uma vez — Del Orbe diz.

— E se uma de nós tiver passado e a outra não? — indago.

— Nunca nem pensei nessa possibilidade — Maria diz, desmoronando.

— É isso aí. Isso é ridículo — Bianchi afirma, aproximando-se e pegando habilmente os envelopes das minhas mãos.

Maria e eu gritamos ao mesmo tempo, tentando alcançá-lo. Observamos horrorizadas Bianchi abrindo um envelope e depois o outro. Sem esperar um segundo, nem fazer drama, nem arrastar este momento para nos torturar, Bianchi abre as cartas. Meu estômago se revira. O tempo para. Todos estão em silêncio.

— Vocês duas passaram — ele revela.

Nos afundamos uma na outra, berrando e nos abraçando e nos abraçando e pulando.

— Isso é animação demais pra essa hora — Bianchi diz, dobrando os papéis e guardando-os cuidadosamente em seus respectivos envelopes.

— Ei, se isso nos tirar da corrida... — Pierre se interrompe. — Dia de trapaça comemorativo?

— Fechou — Del Orbe diz, levantando a mão para um "toca aqui!". O estalo de suas mãos ressoa pela pista vazia.

Maria e eu nos afastamos, e então todos estão nos abraçando, pulando e rindo. Del Orbe me puxa para si, bagunçando meu cabelo e me dizendo que está feliz por mim. Pierre me prende em uma chave de braço, antes de anunciar em um tom sério que está muito orgulhoso do tanto que nos esforçamos; sua voz fraqueja e, quando olho para o meu amigo, ele está tirando os óculos escuros para enxugar as lágrimas, e eu o abraço para confortá-lo neste momento de emoção.

Até que o turbilhão de abraços me cospe bem na frente de Bianchi. Após um milésimo de segundo de constrangimento, eu me lanço nele, jogando os braços em volta da sua cintura, descansando a cabeça em seu peito. Ele me traz para perto, passando os braços em volta dos meus ombros. Não me sinto inibida ou estranha. Sinto apenas pertencimento. Quando nos separamos, olho para ele e noto que algo está... esquisito.

— O que há de errado? — pergunto. Ele balança a cabeça e olha para Del Orbe, Pierre e Maria. Toma fôlego para alcançar os outros e seguir adiante com esta manhã ou tentar, de alguma forma, superar o que o incomoda. Mas eu entendo, porque iguais se reconhecem. — A gente vai beber água, vocês vão na frente — grito. Pierre e Del Orbe soltam um grunhido, tendo se convencido de que íamos tirar a manhã de folga, mas Maria os conduz até a pista.

Uma vez que os outros estão longe, olho para Bianchi e ergo as sobrancelhas.

— Vamos?

— Eu não estar com sede… é capaz de impedir que essa pequena excursão aconteça?

— Não — respondo.

— Está bem. — Ele segue em direção ao bebedouro. Seu ritmo é rápido e implacável. Como estou me sentindo generosa, deixo-o se afastar às pressas, mas, assim que chegamos ao bebedouro, não sei de mais nada. Bianchi se inclina, toma um longo gole e limpa a boca com a manga do casaco.

Abro minha boca na fonte, e a água fria tem um gosto tão bom, talvez cem vezes melhor do que ontem ou anteontem. O céu parece mais claro do que nunca, a grama sob nossos pés tem uma cor mais brilhante, os pássaros no céu estão cantando mais alto, como em um concerto.

Dou risada do quão ridícula eu sou. Estou tão aliviada por termos conseguido os brevês que estou ficando completamente tonta. Sempre fico impressionada com a minha capacidade de compartimentar as coisas com as quais me preocupo. Nem percebo que estou fazendo isso, até que o fardo é retirado e sinto a leveza que não sabia que estava perdendo. Levanto-me e encaro Bianchi.

— Fala — eu peço. Bianchi balança a cabeça como se estivesse lutando contra as palavras. Pressionando os lábios em uma única linha apertada, ele coloca as mãos nos quadris e começa a andar.

— Acho que não preciso te lembrar do quão teimoso eu sou, Danvers.

— Não, definitivamente não precisa. — Observo Bianchi lutar com o que o incomoda. Quando ele olha para cima, finalmente vejo sua imensa angústia.

— Preciso que você me deixe dizer tudo sem interromper.

Assinto, encorajadora.

Bianchi fica quieto por um bom tempo. Pego a mão dele, o que por um momento penso que vá fazê-lo se sentir estranho, mas parece confortá-lo. Ele enrola os dedos nos meus e finalmente começa a falar.

— Você e Maria são as duas melhores aviadoras. Estou distante, em terceiro lugar. Pensei que seria muito mais difícil dizer isso em voz alta, mas é realmente bom admitir. — Ele aperta minha mão, e o menor dos sorrisos cansados escapa. — Mas eu ainda vou conseguir entrar para o time, Carol. — Seu rosto fica sombrio. — E vocês não.

— A gente sabe. — Minha voz está calma e meus olhos estão fixos nos dele.

— O quê? Mas…

— Nós nunca vamos fazer parte do mundo de Jenks. Na verdade, Maria me ajudou a perceber isso. Já perdi muito tempo tentando provar pra ele que sou a melhor. Que eu sou valiosa e que eu importo. Precisamos encontrar outro caminho. Nossa própria maneira.

— Então por que tentar? Por que dar a eles a satisfação de rejeitarem vocês? — Bianchi indaga, soltando minha mão.

Milhares de respostas passam pela minha cabeça, incluindo a possibilidade muito real de Bianchi estar certo sobre não valer a pena nos esforçar, então percebo que esse é o meu novo normal. Não ancorar mais minha autoestima no que Jenks pensa de mim me permitiu vasculhar as ruínas do que eu pensava que sabia sobre mim. Mas se eu sou meu norte verdadeiro, tudo o que preciso fazer agora é dizer a verdade, e tudo ficará bem.

— Não estou totalmente certa, mas parece a coisa certa a fazer, se é que isso faz algum sentido.

— Faz sentido — diz ele.

— Me sinto diferente agora — falo, pressionando minha mão contra o peito. Bianchi assente em concordância. — Não consigo explicar.

— Não precisa — replica ele. Eu sorrio, e a calma me invade. Posso confiar em mim, mesmo que não tenha tudo planejado. E fico emocionada por Bianchi parecer tão atormentado por uma situação que nem diz respeito a ele. Isso demonstra caráter.

— Precisamos voltar — falo, olhando para a pista.

Noble se juntou a Maria, Del Orbe e Pierre, e aparentemente toda a farsa de corrida matinal efetiva foi abandonada. Eles estão berrando e gritando, se perseguindo pela pista no que parece ser um jogo elaborado de pega-pega. Dou risada. Com as finais e a cerimônia de Reconhecimento a menos de um mês, não os culpo por querer desanuviar um pouco.

— Você não vai pensar mal de mim? — Eu me viro para encarar Bianchi. Seu rosto ainda está pálido.

— Pelo quê?

— Por conseguir entrar na equipe…

— *Quando* você conseguir entrar na equipe — corrijo. Ele gesticula para dispensar minhas palavras e continua como se eu não o tivesse interrompido.

— Eu vou aceitar. Então estarei do lado de Jenks — Bianchi afirma, meio engasgado.

— Ei, Tom. Me escute. — Eu o encaro para forçá-lo a me olhar. — Eu posso esperar literalmente pra sempre, Tom Bianchi. Você sabe que eu posso. Essa é exatamente a montanha em que estou disposta a morrer tentando escalar.

Bianchi ri e olha para cima, finalmente fazendo contato visual. Seus profundos olhos azuis estão vermelhos.

— Mudanças acontecem de dentro pra fora. Se você entrar nos Flying Falcons, pode tentar... — Eu paro, procurando a palavra certa.

— Você ia dizer *contagiar*, não é?

— De fato é a melhor palavra, mas...

— Influenciar? É isso...?

Levanto uma mão para interrompê-lo.

— Subverter. Essa é a palavra que eu estava procurando. Precisamos de um homem infiltrado...

— *Homem* é a palavra-chave aqui.

— Você pode subverter o feudo antiquado de Jenks por dentro e alterá-lo para sempre. Se alguém é o cara para esse trabalho, é você. Você é o melhor homem que eu conheço, Tom.

Assim como Maria e eu fizemos, vejo Bianchi lutar contra o elogio. Ele balança a cabeça, olha para mim como se esperasse que eu mudasse de ideia e, finalmente, aceita. Seu rosto revela uma mistura de relutância, vergonha e alegria.

— Obrigado — agradece ele com simplicidade; sua voz é um rosnado baixo.

Mas seus olhos estão brilhando novamente ante aquela velha arrogância de Bianchi. Ele se inclina e dá um último gole no bebedouro. Ao voltarmos para a pista, ele acelera para entrar no jogo, com os braços abertos como se estivesse voando. Observo como a dor que o estava afogando desaparece.

Naquela tarde, entre as aulas, Maria e eu percorremos os corredores da Força Aérea para encontrar o escritório aparentemente clandestino onde as inscrições dos Flying Falcons acontecem. Pedimos informação pelo menos três vezes; nosso tempo escorria, até que finalmente vimos a plaquinha tão procurada. Nos entreolhamos e, sem hesitar, vamos em direção ao escritório.

Abrimos a pesada porta e entramos. Ela bate atrás de nós e a recepcionista atrás do balcão, uma civil, olha para nós.

— Como posso ajudar?

Ela está usando um vestido azul-marinho muito conservador, com um cardigã preto por cima. Seu cabelo está preso em um coque e nos lábios há um pouco de brilho labial rosa bem clarinho. Mas então percebo uma leve sugestão de sombra amarelo-neon ao longo de suas pálpebras.

— Gostei da sua sombra — digo antes que possa evitar.

Para minha surpresa, ela sorri e se inclina em nossa direção.

— São as pequenas rebeliões, não é, senhoritas? — ela sussurra com os olhos reluzindo.

— Certamente — Maria responde com um sorriso.

— Gostaríamos de nos inscrever para o teste dos Flying Falcons, senhora — eu digo, um pouco mais alto e mais firme do que pretendia.

Maria e eu estamos meio que esperando Jenks sair de trás de algum arquivo antigo com o comandante de cadetes a reboque, proclamando: *Estas! Estas são as intrusas indignas das quais eu estava falando, senhor! Remova-as das nossas instalações de uma só vez!* Mas Jenks é mais esperto que isso. Ele nunca nos impediria de nos inscrevermos. Isso poderia causar uma revolta ou levantar questões sobre por que não nos autorizariam a sequer tentar. Ele tem que nos permitir fazer isso. Porque daí, se… Ou melhor, *quando* não conseguirmos entrar, ele pode apenas encolher os ombros e dizer a todos que simplesmente não éramos boas o suficiente.

O rosto da recepcionista se ilumina ao nos entregar uma prancheta totalmente comum com uma caneta presa por uma corrente longa demais. O telefone toca e ela atende rápido, mudando todo o seu comportamento conforme performa sua resposta condicionada. Maria coloca a prancheta em cima do balcão. Ela folheia as páginas de nomes.

— Dezessete pessoas — digo, rapidamente localizando Bianchi entre os demais.

— Todos disputando apenas duas vagas — Maria murmura, percorrendo a lista com os olhos.

— Todos homens — eu digo, afirmando o óbvio.

— Não mais — ela diz, assinando seu nome. Ela me entrega a caneta, e adiciono o meu nome no papel.

— Não mais — repito.

CAPÍTULO 17

Durante a semana que antecedeu os testes para os Flying Falcons, pensei que não conseguiria dormir. Pensei que estaria abatida durante nossas corridas matinais. Pensei que estaria nervosa demais para comer. Pensei que seria mal-educada e grossa com as pessoas, preocupada demais para me importar com coisas triviais como polidez e conexão.

Estava errada em todos os aspectos.

Dormi feito um bebê. Estava solta e animada durante nossas voltas matinais pela pista. Comi absolutamente tudo o que estava na minha frente e repeti. E me senti mais conectada com meus amigos do que nunca.

Agora há uma certa solidez enquanto nos preparamos para os testes. Porque, em algum momento entre os desafios deste ano, aprendi que eu não precisava cortar partes de mim e oferecê-las a outras pessoas para que elas pudessem debater e determinar seu valor. Sou eu que decido. O que significa que finalmente vou enfrentar este dia como um ser completo e poderoso. Inteiro.

Jenks está nos esperando no campo com as mãos atrás das costas, assim como alguns instrutores de cadetes, incluindo o piloto instrutor Wolff. Os dezenove aviadores que vão fazer o teste esta manhã estão alinhados, ouvindo atentamente enquanto Jenks nos explica os procedimentos de hoje. Ele é bem direto: devemos esperar até que nossos nomes sejam chamados, então subiremos em um dos seus T-41 Mescaleros e mostraremos o que podemos fazer. No final da semana, Jenks publicará os nomes das duas pessoas que vão compor a equipe fora daquele escritório esquisito com a secretária legal onde Maria e eu nos inscrevemos. E é isto.

Notei que a maioria dos inscritos são veteranos. Eu os vi pelo campus. Mas esta será a primeira vez que vou enfrentá-los em igualdade de condições. Todos estamos competindo pelas vagas abertas por cadetes de primeira classe que estão se formando.

Somos instruídos a aguardar em bancos de madeira duros na ordem em que voaremos. Bianchi é o quinto, Maria, a décima primeira, e eu serei a décima quinta. Então não vai ser em ordem alfabética. Estou sentada entre dois aviadores que nunca vi e, conforme os três primeiros nomes são chamados, me inclino para a frente e vejo Maria. Ela já me localizou. Quando nossos olhos se encontram, ela tenta me dizer algo, e eu também tento lhe dizer algo motivacional. Sufocamos uma risadinha com a mão, o que rapidamente ganha força sendo parte alegria genuína, parte puro nervosismo. Estamos tentando ao máximo não fazer barulho, mas vejo Bianchi olhar para trás da primeira fila, sorrir e revirar os olhos.

Uma vez que nossos ombros param de tremer com as risadas silenciosas, gesticulo para Maria para que ela fale primeiro. Ela murmura: "Aí vamos nós". Faço um sutil *hangloose* em solidariedade e murmuro: "Bora". Depois, ambas nos acomodamos em nossos lugares para aguardar nossos destinos.

Observamos de perto os três primeiros aviadores que passam caminhando. Johnson é um deles. Ele parece indevidamente confiante enquanto marcha em direção a Jenks e seu avião. Os aviadores restantes são direcionados para outros dois instrutores de cadetes. Perceber que meu teste pode ser tanto com Wolff ou Cabot quanto com Jenks é algo que eu não planejava e que deveria trazer alívio. E me surpreende que isso não importe muito. Mostrar a Jenks o que sou capaz de fazer não é mais o objetivo de hoje.

Eu não apenas sei, mas agora estou experimentando isso.

Jenks, Wolff e Cabot conduzem seus aviadores através de extensas verificações de segurança, tanto dentro como fora do avião. Jenks circunda o aviador Johnson com as mãos para trás como sempre. Seu rosto frio, porém enganosamente bonito, está arrogante e indiferente quando ele aponta e guia Johnson pelo avião, atirando ordens com desdém, como quem joga fora copos de papel vazios. Enquanto isso, Wolff e Cabot estão curvados sobre os motores, interagindo ativamente com seus aviadores, tentando formar a imagem mais completa possível de suas habilidades.

O aviador de Wolff é o primeiro a subir. Depois de um longo taxiamento na pista e uma decolagem suave, o pequeno avião branco e azul com o grande símbolo da Força Aérea na barbatana desaparece no enorme céu azul. Cabot e seu aviador são os próximos, taxiando seu avião pela saída. Quando o cara de Wolff retornar, será a vez deles. Até chegar a minha vez.

Observo cada um dos aviadores tendo seu lugar — quase literalmente — ao sol, e tudo parece surreal. Tenho imaginado esse dia há um ano. E, agora que ele finalmente chegou, percebo que o que estou experimentando é, mais uma vez, diferente de tudo com que eu jamais poderia sonhar. Abandonar a exaustiva e familiar matemática de avaliar como todos estão se sentindo e o que estão pensando a meu respeito, e o que devo fazer para gostarem de mim, e o que posso dizer para convencê-los a me aceitar, para só então poder falar sobre como estou me sentindo, é completamente libertador. Antes disso, como eu me sentia dependia inteiramente de como os outros estavam se sentindo. Eu nunca poderia existir.

Mas hoje estou relaxada, até feliz, enquanto espero chamarem meu nome. Estou apenas... aqui. Observando os aviões com o sol quente brilhando na minha cara. Não estou nervosa, não estou cheia de mim, não estou ardendo para me provar para mim mesma ou para outras pessoas.

Sou só... eu.

Bianchi está no segundo grupo, e eu o observo mover habilmente seu avião sob a orientação de Wolff... e sinto orgulho. Ele é realmente ótimo. Ele sobe na cabine, coloca o cinto, faz as checagens e então está pronto. Sua decolagem é perfeita, e noto que é a primeira vez que o vejo voar. Maria olha para mim e levanta as sobrancelhas, como se dissesse: "Nada mal". Respondo fingindo um desmaio dramático sutil para não atrair a atenção dos nossos colegas e oficiais, e ela sorri. Ele sobe cada vez mais alto; seu voo tem uma força graciosa e fácil que me lembra do estilo de pilotagem de Maria. Nada parecido com meus modos de "touro em uma loja de porcelana". Bianchi finalmente pousa sem nem um pulinho. Isso envia uma onda nervosa pelos aviadores restantes. Ele estava sendo muito modesto quando afirmou que Maria e eu éramos aviadoras muito superiores a ele. Se conseguir uma vaga, não será apenas porque é homem. Será porque mereceu.

Bianchi salta para fora da cabine, passa a mão na cabeça raspada e cumprimenta Wolff em agradecimento. Caminhando pelo campo, ele olha para mim e para Maria e dá um aceno rápido e muito controlado. Mas posso ver que está explodindo de orgulho.

Esperamos o próximo grupo até que, finalmente, Maria é chamada. Uma onda palpável percorre todos os aviadores no momento em que uma das duas candidatas se levanta do assento. Ela olha para mim e faço um sinal de positivo. Em seguida, me lança um sorriso fácil e confiante, caminha até Jenks e faz uma saudação. Os outros dois aviadores obviamente se afastaram de Jenks, optando por Wolff ou Cabot. Nem Bianchi o escolheu na sua vez. Mas Maria não. Enquanto os outros aviadores hesitam ou tropeçam, Maria é ousada e brilhante. Para ela, este é apenas mais um dia no hangar 39. Ela passa pelas verificações de segurança sem um esgar de dúvida. Não se abala diante de Jenks, demonstrando o respeito adequado a um oficial de alta patente, mas permanecendo impenetrável ao seu olhar perscrutador e comportamento superior. Está calma, fria e contida, cem por cento segura do quão bem está indo. No momento em que ela entra na cabine, alguns dos outros aviadores começam a se remexer em suas cadeiras. Eu me pergunto se isso faz de Maria a primeira mulher a tentar entrar para os Flying Falcons. Isso não me surpreenderia.

A decolagem dela é a melhor até agora: precisa e poderosa. Seu toque é leve e confiante. Fico emocionada quando ela sobe alto no céu. Trabalhamos tanto, e não há nada mais bonito do que testemunhar alguém realmente bom em algo finalmente ser autorizada a fazer essa coisa com todo o seu potencial — e sem se desculpar por isso.

— Ela é incrível — o aviador ao meu lado diz, quase baixinho.

— Ela é sim — concordo. Ele olha para mim e sorri timidamente.

— Não percebi que falei em voz alta — diz ele. Ele protege os olhos do sol, esticando o pescoço para poder ver Maria voar. Ele está intoxicado. Eu examino a multidão. Todos estão assistindo. Fascinados.

E, assim, outra peça do quebra-cabeça se encaixa. O teste de hoje não era apenas para mostrar a Jenks o que podemos fazer, mas sim para mostrar a *todo mundo* o que mulheres podem fazer. Então, da próxima vez que alguém como Jenks tentar dizer a esses homens que mulheres não podem voar, todos se lembrarão desse dia, quando puderam ver a melhor aviadora do grupo com seus próprios olhos... e ela era uma mulher negra que nem era permitida na equipe.

Espero que todos aqui hoje fiquem desconfortáveis com esse conhecimento e façam algo bom na hora de tomar grandes decisões. Como experimentei várias vezes ao longo do ano, permitir-se aprender é a coisa mais desagradável e difícil de fazer. E a mais gratificante.

De repente, Maria aparece no horizonte fazendo um *barrel roll* lento. Cubro a boca com a mão, incrédula. Não sei nem se é permitido executar um *roll* em um teste. Sem pensar, me levanto de um salto, e vejo que todos também estão de pé. Quando ela se alinha com a pista, os aviadores estão gritando e celebrando. Até Cabot e Wolff estão sorrindo, sem se dar ao trabalho de acalmar os outros. Os pneus do avião pousam ao mesmo tempo, e o grupo começa a aplaudir outra vez.

Maria salta da cabine, e Jenks emerge logo depois. Maria lhe presta continência; o rosto dele está impassível, mas eu poderia jurar que seu ombro cedeu um pouco, como se ele estivesse ativamente tentando afastar o efeito de testemunhar uma mulher fazer algo tão *legal* em primeira mão.

À medida que ela se afasta, penso que a potência do seu sorriso poderia alimentar todo o centro de Las Vegas. Ela dá um pulinho e depois outro. E então nossos olhos se encontram. Vejo sua boca apertada e sua testa franzida, enquanto ela tenta conter uma onda de emoção. Minha amiga olha para o céu no momento em que o décimo segundo aviador decola atrás dela. Ela balança a cabeça, olha para mim com um sorriso choroso, e coloca a mão no coração. Coloco a mão no coração também, enquanto ela caminha triunfante para fora do campo de pouso.

E então sou só eu.

Os próximos três nomes são chamados, o meu sendo o último do grupo. Eu me levanto, aliso meu traje de voo e vou direto até o capitão Jenks. Se Maria consegue enfrentá-lo, eu também consigo. Faço uma saudação.

— Aviadora Danvers — diz ele. Posso ver meu reflexo em seus óculos de aviador. O reflexo distorcido do meu rosto olha para mim, imperturbável e resoluto.

— Senhor — digo, aguardando ordens.

Jenks é desdenhoso e condescendente, mas passamos por minhas verificações de segurança de maneira relativamente indolor. Jack e Bonnie martelaram tudo isso em nossas cabeças, então passar por essas verificações é natural agora. Quando entramos na cabine, estou completamente concentrada no que estou fazendo porque já repeti esses passos muitas vezes antes. Porém, percebo logo que treinei de um jeito muito mais difícil do que o que me espera agora. É por isso que Jack e Bonnie nos fizeram pilotar o *sr. Boa-noite*. Porque, se você é capaz de pilotar o *sr. Boa-noite*, pode pilotar qualquer coisa.

— Você é bem impressionante, Danvers. — Espero. Sei que vem mais. Ele não consegue se segurar. — Quando o avião está no chão.

— Obrigada, senhor — respondo, recusando-me a cair na armadilha. Ele trinca os dentes. A cabine é pequena, e seus ombros largos e seu ego gigante ocupam a maior parte dela. Sentada ombro a ombro com ele, eu poderia cortar a tensão com uma faca. O silêncio se expande enquanto espero suas ordens.

— Dê a partida — ele ordena.

— Sim senhor — digo, obediente.

O motor ruge e meu coração pula. Enrolo meus dedos no manche e taxio o avião pela pista. Então é como se eu estivesse de volta no *sr. Boa-noite,* como se este fosse só mais um domingo com Jack e Bonnie. Sei que Jenks está particularmente silencioso, e também sei que isso não é necessariamente uma coisa boa, mas deve ser porque ele não vai me deixar entrar para os Flying Falcons de qualquer forma, então por que desperdiçar energia me dando *feedback* ou, Deus me livre, encorajamento? Para ele, meu teste é um estorvo. Para mim, eu não ligo para o que ele pensa. Mal posso esperar para voar.

Somos liberados pela torre de comando, e fico maravilhada com o rádio com o qual posso falar, dispensando a buzina. O avião balança e treme enquanto esperamos o sinal verde. Ficar tão perto de Jenks nesta cabine minúscula me faz notar mais coisas sobre ele com o canto do olho. A marca pálida onde um relógio costumava ficar. O cheiro de pinheiro de sua loção pós-barba. O lance supersutil de limpar a garganta que ele faz a cada dois minutos, seguido de um movimento quase imperceptível na cabeça. Gostaria de saber se isso é alguma deixa.

Na minha cabeça, eu o moldei como esse supervilão todo-poderoso de bigode enrolado que tinha o meu destino — e o destino do mundo — nas mãos. Mas talvez ele seja apenas um cara normal que pigarreia, que não consegue encontrar o relógio e que usa loção pós-barba, e não um dragão que cospe fogo ou um monstro debaixo da minha cama.

Ele é só um homem. Um único homem.

O estômago de Jenks ronca de fome, e sinto seu braço se contrair ao meu lado. Ele sabe que eu ouvi. Ele se mexe, e o velho e desgastado assento do avião emite um ruído de pum que ecoa por todo o avião. Conter a erupção do riso está consumindo cada grama de energia que eu tenho.

— Bem ali, Danvers — Jenks diz. É uma afirmação que não faz absolutamente nenhum sentido e só serve para encobrir o que está se transformando em um momento incrivelmente constrangedor.[7]

A torre finalmente crepita no rádio, nos liberando para decolar. Eu confirmo e começo a taxiar o avião pela pista. Cada vez mais rápido. E mais rápido. Ele treme sobre a pista áspera, mas não é nada comparado ao *sr. Boa-noite*. E então, após um revirar de estômago… é o fim dos tremores.

Estamos voando.

Não importa quantas vezes eu tenha feito isso antes, a alegria surge em todo o meu corpo. Jenks me orienta a subir a uma altitude específica e atingir a velocidade de cruzeiro. E mais uma vez o azul me cerca, as nuvens enevoadas me envolvem, e leveza me enfeitiça.

---

7 Para ele.

— Estamos na altitude, senhor — digo, desacelerando para a velocidade de cruzeiro. Jenks está quieto. Ele olha para a frente e tira as mãos do manche. Respira fundo. — Senhor? — Ele coloca as mãos sobre as pernas; observo seus longos dedos bronzeados salpicados com pelos loiros e brilhantes.

— Por que você está aqui, Danvers? — ele pergunta, sem olhar para mim.

— Senhor?

— Até você tem a capacidade mental de responder a uma pergunta tão simples, Danvers. Devo repetir?

— Não, senhor. — A cabine começa a se fechar ao meu redor.

— E então?

— Eu amo voar, senhor — respondo.

— Você acha que seu amor te dá o direito de estar aqui?

— Não, senhor. Eu tenho o direito de estar aqui porque sou a melhor.

— A melhor. — A voz de Jenks pinga de sarcasmo.

— Sim, senhor.

— Dê meia-volta com o avião, Danvers.

— Senhor, eu mereço a chance de fazer o teste como todos os outros. — Enquanto falo, obedeço a sua ordem e viro o avião.

— Você não merece nada.

— Não, você tem razão. — O corpo de Jenks se encolhe ligeiramente. — Eu *conquistei* a chance de fazer o teste como todo mundo.

— Danvers, estou confuso quanto ao que você acha que está acontecendo agora. Isso não é um teste?

— Você e eu sabemos que é um teste apenas para constar.

— A única coisa que você e eu sabemos, aviadora Danvers, é que você não é adequada para a Força Aérea dos Estados Unidos.

— Não, senhor. Não…

Jenks me interrompe.

— Você é emotiva e impulsiva. Sua ousadia é embaraçosa. Você se lança às coisas sem pensar…

— Essa não é a definição de impulsiva? — Não consigo resistir.

— E é insubordinada.

— Senhor…

— Vou te dar um presente, Danvers. — Jenks fecha as mãos em punhos apertados, estica os longos dedos e alcança o painel. — Você pode me agradecer mais tarde por te mostrar que sua imprudência é um perigo. — Jenks reduz o acelerador do avião e deixa o nariz do Mescalero cair. — Estou fazendo isso para o seu próprio bem, Danvers.

Jenks reduz o motor para a inatividade.

O avião treme e luta. E assim que a buzina soa no pequeno cockpit, Jenks tira as mãos do manche e olha para mim sem dizer uma palavra. O nariz mergulha e o avião começa a despencar graciosamente do céu. A cabine me envolve e Jenks desaparece. Aperto os dedos ao redor do manche. Eu sei o que ele está tentando fazer. Ele quer que eu falhe, que eu reconheça minhas limitações na frente dos meus colegas. Em alguma parte distorcida dele, talvez ele realmente pense que isso é para o meu próprio bem, e não simplesmente um mau uso do poder.

Infelizmente, para Jenks, ele não sabe nada sobre mim e o *sr. Boa-noite*. Eu deixo o avião cair.

Espero… e espero… e espero a parada. Eu confio em mim mesma. Minha respiração está estável. Meus olhos estão focados.

Sinta. Espere... Espere... Segure...
Aí. AÍ ESTÁ! A parada.

E dou força total ao Mescalero, puxo o nariz de volta para o horizonte e o leme para a direita, levanto as abas e restauro o avião à altitude de cruzeiro, realizando com êxito uma parada padrão de desligamento. Uma onda de orgulho explode e se espalha por cada centímetro do meu corpo.

Obrigada, Jack.

— Todas essas coisas que você disse sobre mim são verdadeiras, senhor. Sou emotiva e impulsiva, e mais do que um pouco descuidada. Mas também sou corajosa o suficiente para me permitir aprender.

Olho para Jenks e o encontro aparentemente calmo e distante. Mas então observo melhor. Seu rosto está vermelho e suas mãos estão agarrando suas pernas com tanta força que as juntas dos dedos irrompem brancas pelo alto de suas mãos.

— Você deveria tentar algum dia. — É meu tiro de misericórdia.

Jenks olha para mim.

Conduzo o avião para o aeroporto e nos levo para casa.

Jenks não diz outra palavra durante o resto da viagem.

CAPÍTULO 18

— Então ele ia fazer o quê? Simplesmente deixar você bater o avião pra provar que estava certo? — Del Orbe pergunta quando saímos do hangar 39 carregando uma cesta cheia de biscoitos fumegantes, com Bonnie atrás de nós.

— Você pode simplesmente deixar isso sobre a mesa ao lado da salada, Erik — Bonnie diz para Del Orbe.

— Pão branco ou nada! — Jack grita da churrasqueira. O olhar de Del Orbe pula nervoso de Jack para Bonnie.

— É um lance do Texas. Você vai ficar bem, querido — diz Bonnie com uma piscadela. Del Orbe parece aterrorizado enquanto segue até a mesa com os biscoitos, jogando-os na superfície como se fossem batatas quentes e depois se apressando, murmurando algo sobre querer dar uma olhada no hangar. O pobre coitado é tão da paz que não suporta nem um conflito fingido.

— Não, Jenks ia salvá-la — Maria diz, ao lado de Jack e sua amada churrasqueira, uma bela dupla. Claramente construída com amor pelo próprio Jack, a churrasqueira é uma deliciosa e louca colcha de peças antigas de avião literalmente costuradas pelas mãos dele. Mas a verdadeira arte vem dos aromas de dar água na boca saindo da chaminé principal.

— Sim, me salvar de mim mesma, ao que parece — eu digo, segurando um prato enquanto Jack empilha espigas de milho recém-defumado.

— Inacreditável — Maria diz, sacodindo a cabeça em descrença, apesar de ter revivido essa história comigo dezenas de vezes desde que aconteceu.

Vou até as mesas de piquenique com o prato de milho balançando, e Pierre e Bianchi afastam várias saladas e uma tigela grande de macarrão com queijo para dar lugar à nova adição. Jack e Bonnie estão dando uma espécie de festa para nós, e insistiram que festa não é nada sem a família inteira. Bianchi, Del Orbe e Pierre são a nossa verdadeira família aqui, e Maria e eu queríamos nossos amigos comemorando ao nosso lado. Além disso, eles nunca recusariam a chance de fazer uma refeição caseira, especialmente se os devaneios no refeitório sobre as delícias caseiras fossem verdade.

— Tom, querido, você pode pegar as duas jarras ali na bancada do Jack? — Bonnie fala para Bianchi. — Um tem chá gelado e o outro tem limonada fresca. Ei, Garrett, você pode ajudá-lo?

— Limonada fresca? — Pierre pergunta, salivando.

— Sim, querido. Limonada fresca — Bonnie diz, beliscando suas bochechas carinhosamente. Pierre cora, mas seria impossível tirar o sorriso do rosto dele.

— Sim, senhora — eles respondem. Pierre e Bianchi desaparecem no hangar em busca das deliciosas bebidas que as amáveis palavras de Bonnie lhes prometeram, e que parecem lembrá-los de casa.

— E agora? — Jack pergunta quando estamos só nós quatro.

— Agora vamos procurar um novo caminho — respondo, olhando para Maria. Ela assente com a cabeça.

— Um novo caminho pra quê? — Jack indaga.

— Uma nova maneira de nos tornarmos as primeiras pilotas de caça — digo. Jack e Bonnie trocam um olhar.

— Jenks e seus Flying Falcons não são o único lance na cidade — Maria acrescenta.

— Hum — Jack diz enquanto pega a carne da churrasqueira e empilha costela e peito suíno nos nossos pratos.

— O que vocês não estão nos contando? — pergunto, com os olhos semicerrados. Bianchi e Pierre emergem do hangar com Del Orbe atrás deles. Eles colocam as jarras sobre a mesa.

— Só estou dizendo que tem mais de um jeito de esfolar um gato, Danvers — Jack diz. No momento em que estou prestes a perguntar o que os gatos esfolados têm a ver com a Força Aérea dos Estados Unidos, Bonnie interrompe.

— Isso é o máximo que aguento falar sobre esse homem — diz ela, conduzindo todo mundo para a mesa. — Agora, venham. Vamos comer.

Esticando a entrada do hangar 39, Jack e Bonnie montaram duas longas mesas dobráveis e as rodearam de todo tipo de cadeira que você possa imaginar. Uma toalha de mesa de algodão farfalha no ar escuro da noite. Um toca-discos antigo conectado à extensão mais longa do mundo serpenteando para fora do hangar nos faz serenatas. Velhos lampiões de querosene lançam um brilho enevoado sobre todos nós. E a nossa sentinela é ninguém menos que o *sr. Boa-noite*, lavado e encerado. Ele faz parte das festividades desta noite tanto quanto nós.

— Você vai nos levar para dar uma volta nele, senhor? — Bianchi pergunta, gesticulando para o *sr. Boa-noite* quando puxamos as cadeiras e as colocamos perto da mesa que geme, momentaneamente balançando um pouco as jarras de chá e limonada.

— Você acha que pode lidar com o *sr. Boa-noite*, filho? — Jack diz, com uma piscadela para Bonnie. Bianchi abre um sorriso e Bonnie balança a cabeça. Todos enchemos os copos e esperamos. Bonnie faz um brinde.

— A voar — ela brinda.

— A voar — respondemos em uma só voz.

E então começa o balé do jantar em família, com sua intrincada coreografia de travessas sendo passadas sob jarras enchendo copos. Uma montanha de macarrão com queijo é servida em um prato, e os segredos de sua receita são compartilhados com o destinatário, que os recebe ansiosamente. Olhos se fecham em êxtase quando experimentamos a carne de Jack, tão macia que derrete na boca. Cabeças se inclinam para trás e gargalhadas ecoam no campo de pouso. Ouvimos velhas histórias de guerra, contos angustiantes de bravura e sacrifício, e finalmente ficamos sabendo como *sr. Boa-noite* ganhou seu nome. Bianchi estava certo: as coisas não saíram nada bem para ninguém exceto para o *sr. Boa-noite*.

Em algum ponto na noite, olho em volta da mesa e uma sensação que não consigo identificar me inunda. Não ser capaz de compreender coisas sobre mim mesma é algo com o qual estou familiarizada, então, em vez de ficar frustrada ou assustada... agora fico curiosa.

Observo Jack se inclinando para ouvir algo que Garrett diz; Jack joga a cabeça para trás e ri, batendo com a palma da mão no ombro de Maria. Erik e Tom se aproximam de Bonnie, que conta a eles uma história sobre uma missão de transporte que deu muito errado no final da Segunda Guerra Mundial. Os lampiões cintilam. A música paira. Um gole de limonada e um pouco da salada de batata de Bonnie.

Isto é família.

Isto é pertencer.

Isto é amar e ser amada.

— Ei, Danvers. Onde você está? — Maria me pergunta.

— Hã? — indago, voltando para a Terra.

— Você estava distante — ela observa com um sorriso.

— Só estou feliz — respondo, cutucando-a.

— Eu também — ela diz. Ficamos sentadas em um silêncio compartilhado.

— Então, o que você acha que Jack quis dizer sobre haver mais de um jeito de esfolar um gato? — pergunto.

— Então você voltou — diz ela, rindo.

— Eu ainda sou eu, sabe — digo brincando, na defensiva. Maria toma um gole de seu copo.

— Quero dizer, eles não querem mergulhar no nosso plano de sermos as primeiras pilotas de caça já faz um tempo.

Assinto.

— Sim, mas posso ver isso nos olhos deles toda vez que o mencionamos.

— Bonnie estava conversando comigo sobre isso enquanto preparávamos o macarrão e, sei lá, a coisa ficou séria. — Maria se inclina sobre mim para chamar a atenção de Bonnie. — Bonnie, eu estava contado pra Carol sobre a nossa conversa.

— Acho que ainda não estou pronta para desistir do sonho — digo.

— E que sonho é esse? — Bonnie pergunta, pousando sua xícara de chá. Ela descansa o braço nas costas da cadeira de Maria, aproximando-se ainda mais.

— O sonho de voar em combate — respondo, com a voz mais baixa do que eu gostaria.

— Então, quando você era uma garotinha correndo pelo quintal com os braços bem abertos… estava sonhando em voar em combate? — Bonnie pergunta suavemente.

Faço uma pausa e reflito sobre o que ela está querendo me dizer.

— Não, senhora — admito. Maria limpa a garganta com um pigarro.

— Então sobre o que era o sonho, querida? — Bonnie prossegue.

— Voar… só voar — falo, lembrando do desenho de Noble e da aparentemente temporária epifania que se seguiu sobre a necessidade de recuperar a alegria que já senti por voar.

— E então alguém apareceu e disse que esse tipo de voo era o mais importante, e foi aí que seu sonho parou de ser um sonho e se tornou… — Bonnie incita, oscilando o olhar entre Maria e eu.

— Um jeito de nos provar — dizemos em uníssono, absolutamente abaladas por estarmos nessa mais uma vez.

— Um jeito de se provar — Bonnie repete, acenando a cabeça efusivamente. Ela envolve Maria com o braço e dá um pequeno aperto. — Vocês que definem quem vocês são, não eles.

— Mas não é justo — Maria grunhe, espalhando o resto da comida no prato.

— Não, não é. E daí? — Bonnie questiona. Maria e eu nos entreolhamos, procurando a resposta.

— Não sabemos o que fazer — Maria responde.

— Tentamos encontrar outra forma de chegar lá? — respondo com uma pergunta.

— Não, vocês encontram um novo "lá", querida — Bonnie diz.

— Um novo "lá" — Maria ecoa baixinho.

— Garotas, escutem. Eu teria sido uma pilota de caça incrível — Bonnie começa.

— Prestem atenção! — Jack interrompe do outro lado da mesa, erguendo o copo e ouvindo. Em meio a todos esses anos à mercê da buzina, é de se imaginar que a audição dele não seja tão boa.

Bonnie lhe lança um olhar meloso, e ele lhe dá uma piscadela. Ela limpa a garganta e continua.

— Mas eles tiraram isso de mim, e, quando isso aconteceu, eu também não estava disposta a deixar que eles me impedissem de voar.

— Se isso é sobre voar, faça com que seja sobre voar — Jack complementa.

— E parem de querer que seja voar em combate — Bonnie acrescenta.

— Porque é aí que reside a loucura — Jack finaliza.

O resto da mesa está em silêncio para acompanhar nossa conversa.

— Shakespeare? — Pierre pergunta.

— "Oh, aí é onde reside a loucura" — Bonnie devaneia.

— *Rei Lear* — Pierre diz para os confusos Bianchi e Del Orbe.

— Eu me sinto tão estúpido que nem posso acreditar — Bianchi diz.

— Então é como todos os outros dias da sua vida — Del Orbe fala. Toda a mesa guincha e uiva quando Bianchi levanta o copo e ri, quebrando a seriedade do momento.

Um novo "lá". A ideia martela na minha cabeça, saboreio-a na minha língua. Mas como?

— Querido, pode me ajudar com a torta de cereja? — Bonnie indaga. Del Orbe levanta-se imediatamente, mas logo fica claro que não era com ele que ela estava falando.

— Eu sou o querido principal, filho — Jack diz com um rosnado falso, batendo no ombro dele.

— Ah, eu também posso ajudar — Del Orbe os segue para dentro do hangar.

— Um novo "lá" — digo em voz alta. Não consigo superar isso.

— Você já pensou em helicópteros? — Pierre indaga. Todos nós gememos, e ele levanta as mãos em sinal de protesto. — O quê? Eles são incríveis. Sabiam que eu vi o Silver Eagles quando era criança, e...

— Eles foram extintos, mas me fizeram querer voar — todos completamos em jogral.

— Ok, muito engraçado — Pierre diz enquanto pega um biscoito do cesto.

— Faz muito tempo que só penso em voar em combate — eu digo.

— Eu também — Maria completa.

— Argh, é aquela história de me permitir aprender de novo — digo ao me dar conta.

— Que história é essa? —– Bianchi pergunta.

— Eu estava vindo para a Academia da Força Aérea no primeiro dia e fui parada por uma policial. Eu estava acelerando e talvez sendo um pouco "imprudente", mas passou um cara em um Jaguar e...

— Já entendi. Não precisa me dizer mais nada. Tenho certeza de que sei exatamente o que aconteceu — Bianchi interrompe. Seus olhos brilham quando ele aponta o garfo para mim. — Deixe-me adivinhar. Você se jogou no meio de uma situação que não tinha nada a ver com você, exceto pelo fato de que você não conseguiria ficar parada vendo alguém sem poder sendo maltratado?

— Ok, certo. É exatamente o que aconteceu — eu digo.

— Sim, eu te conheço.

Eu aceno a mão para ele com desdém.

— Enfim. A policial estadual me dispensou com um aviso, e eu pensei que seria um tipo de meia multa…

— Não. Isso não existe — Bianchi interrompe de novo.

— Meia multa ou talvez um meio aviso — digo sem piscar.

— Gostei disso — Pierre diz, arrancando mais um biscoito da cesta no meio da mesa. Ele não conseguia parar.

— Maria, por favor, me ajuda aqui — Bianchi diz. Maria levanta as mãos em sinal de rendição. Bianchi murcha.

— Então conta mais sobre essa… — Todos esperamos. Bianchi solta um longo suspiro. — … meia multa.

— Ela escreveu "Permita-se aprender". E tem sido assim desde então.

— Quer dizer, isso tem te assombrado — Maria ressalta.

— De um jeito bom, mas sim.

— Uma meia multa te assombra, mas de um jeito bom — Bianchi diz devagar, contorcendo o rosto conforme tenta entender.

— Viu, eu posso ser bastante teimosa — digo.

— O quê? — Maria finge desmaiar.

— Não! — Bianchi ofega.

— Não diga! — Pierre deixa escapar, batendo as mãos na cabeça comicamente.

Eu reviro os olhos.

— Sei que não é nenhum segredo. Mas acho que eu não… *queria* enxergar a parte ruim de ser tão cabeça-dura. Eu não percebia que, enquanto me mantivesse trancada no meu próprio senso do que é certo e errado, e do que eu acreditava que precisava ou merecia, estaria fechada para todo o resto.

— Definitivamente te entendo — Bianchi diz.

— Eu estava errada sobre muitas coisas — digo, fazendo contato visual particularmente aguçado com Bianchi.

— Eu também — ele mantém o olhar fixo em mim.

— Mas, por mais equivocada que estivesse às vezes, ainda é estranho pensar que posso estar errada sobre essa coisa de querer voar em combate — continuo.

— Eu não conheço outro "lá" — Maria fala baixinho.

— Ainda não — Pierre corrige.

— Permita-se aprender — Bianchi diz, mexendo as mãos.

— Para poder encontrar o seu novo "lá"… — completo.

— Você tem que se deixar aprender — Bianchi finaliza.

— Isso — concordo.

Nesse momento, Jack, Bonnie e Del Orbe emergem do hangar com a torta de cereja. Bonnie a coloca bem no centro da mesa, junto com um pote de sorvete de baunilha.

— Antes de atacarmos, Bonnie e eu… queremos dar algo a vocês — Jack diz, enfiando a mão no bolso.

— De dois velhos pilotos para vocês — Bonnie diz. Nós cinco derretemos como se fôssemos um.

Jack tira cinco moedas de prata brilhantes do bolso. Ele coloca três na mão de Bonnie e ela os oferece a Bianchi, Del Orbe e Pierre. Jack contorna a mesa e coloca um dólar de prata na palma da minha mão e depois outro na de Maria.

— São do ano em que seus calouros nasceram — Jack diz enquanto estudamos as moedas.

— Levem com vocês para dar boa sorte — Bonnie diz, fitando o céu.

Jack puxa seu próprio dólar de prata do bolso, assim como Bonnie. Eles nos entregam para que a gente possa ver.

— São lisinhas — Del Orbe diz, passando o polegar pela superfície achatada da moeda de Bonnie.

— Bem, naquele ano precisávamos de muita sorte — Bonnie diz, puxando Jack para perto.

— Pensei que precisassem de mais que boa sorte — Maria fala.

— Não, querida. Às vezes sorte era tudo o que tínhamos — Jack completa.

— Muitas pessoas boas não conseguiram voltar pra casa — Bonnie diz. Todos ficam em silêncio.

— Obrigado — Bianchi agradece, segurando sua moeda maravilhado.

Del Orbe e Pierre também agradecem, embolsando suas moedas com uma reverência renovada.

— Por tudo — acrescento.

— Por tanta coisa — Maria diz, quase para si mesma.

— Aconteça o que acontecer, lembrem-se sempre de quem vocês são. Não do que eles dizem que vocês são — Bonnie diz.

— Agora, antes que os molengões aí se afoguem nas próprias lágrimas, vamos comer a torta de cereja — Jack diz rispidamente. Eu poderia jurar que o vi limpando algo no canto do olho, mas seria inútil mencionar. Se eu comentasse algo, ele juraria que era um inseto ou um cisco.

O bom e velho Jack.

— Quem está servido? — Bonnie pergunta.

Várias mãos disparam para cima.

CAPÍTULO 19

Nesta sexta, vamos descobrir quem conseguiu entrar nos Flying Falcons, mas até lá há uma coisa: o Reconhecimento.

Quando ouvi sobre a cerimônia pela primeira vez, pensei que seria como uma formatura: um evento de final de ano que destaca nossas realizações e que termina com um jantar, quando finalmente recebemos nossa insígnia militar.

Eu estava certa... *tecnicamente.*

O Reconhecimento é um evento de final de ano que destaca nossas realizações, mas, em vez de uma tarde cheia de vestidos e babados, interpretações monótonas de "Pompa e circunstância" e discursos longos e chatos, serão três dias cheios de esforço físico e mental que farão o treinamento básico parecer um acampamento infantil.

As aulas e as provas finais acabaram, e agora estamos de volta aos nossos esquadrões, prontos para começar o primeiro dia de Reconhecimento. Lá estão Chen e Resendiz nos esperando. De repente, estou novamente no treinamento básico... parece que foi ontem e, ao mesmo tempo, há séculos.

Rapidamente nos posicionamos na formação de descansar junto com os outros esquadrões. Enquanto aguardo — com os ombros para trás, os olhos para a frente —, o dia de hoje desliza por mim como uma camiseta velha resgatada do fundo do armário depois de meses sem ser usada.

Passei este ano colocando tudo o que conhecia em um microscópio apenas para descobrir que, de perto, nada era o que parecia ser. O *quem, o quê, onde, quando, por quê* e *como* da minha vida se tornou um grande "*hã?*".

Mas isto aqui? Permanecer em formação ombro a ombro com Maria e Del Orbe, e Bianchi e Pierre uma fileira atrás de nós, traz uma sensação boa. É tão confortável, familiar e correto. Eu consigo fazer isso. Com todas as intermináveis perguntas que este ano instigou, é incrível mergulhar na simplicidade de uma rotina decorada, desligar meu cérebro por um momento e deixar a memória muscular fazer o trabalho duro. Querem que eu marche em formação, bata continência, aguente os gritos, treine — e direita, volver!, e esquerda, volver!, e sentido! —, e mantenha a distância precisa entre os pés durante o desfile? Eu ficaria feliz de fazer tudo isso, pois tenho certeza de que ninguém vai aparecer por trás de Resendiz e questionar se o fato de eu alinhar meu polegar com a costura da calça tem algum significado mais profundo além de eu estar alinhando meu polegar com a costura da calça.

Os próximos três dias consistirão em seguir ordens e trabalhar em equipe com o resto do meu esquadrão, pura e simplesmente. E estou muito animada para fazer essas coisas da melhor maneira possível.

— Esquadrão, atenção! — Chen grita. É como música para os meus ouvidos.

Chen e Resendiz nos guiam pelo primeiro dia de Reconhecimento com a mesma delicadeza dos treinamentos básicos. A cada dia as coisas ficam mais difíceis; o começo serve para nos dar um empurrão, em vez de nos derrubar.

Observo nosso grupo ao longo do dia e fico maravilhada com a diferença que um ano faz. Nossas corridas matinais, nossas sessões de estudo, nosso esforço para manter o ritmo… posso ver os efeitos de tudo isso enquanto nos movemos sem problemas pelo campo.

Eu me sinto como uma pessoa completamente nova desde o primeiro dia como um "arco-íris", salvo uma coisa muito importante: ainda quero olhar ao redor e gritar "Você acredita que finalmente estamos aqui?! Não é ótimo?!".

Eu amo o fato de que, mesmo em meio a tudo isso, mantive essa alegria — embora ela às vezes seja um pouco fugidia.

Depois que o primeiro dia acaba, Maria e eu grunhimos despedidas para Bianchi, Del Orbe e Pierre após o jantar, e nos enfiamos debaixo das cobertas antes de apagar completamente. Até a exaustão extrema parece boa. Estar cansada demais para pensar no nosso "novo lá" é a trégua de que preciso.

Durmo como uma morta e, quando o alarme soa para a nossa corrida matinal, estou certa de que ainda é noite. Abro os olhos e vejo Maria se mexendo em sua cama. Então me ocorre que está quase no fim. O número de dias que estarei neste dormitório com Maria pode ser contado nos dedos.

— Por que você está me encarando desse jeito assustador? — Maria pergunta com a voz ainda rouca de sono, sentando-se e apoiando os pés no chão.

— Ok, sim, eu estava te encarando, mas eu diria que era de um jeito mais melancólico que assustador — raciocino, atravessando a sala para acender a luz. Maria se afasta da fluorescência violenta que inunda nosso quartinho.

— Melancólico — ela repete, piscando os olhos e se ajustando ao brilho artificial.

— Melancólico. Porque percebi que não vamos ser colegas de quarto por muito mais tempo — afirmo, puxando minhas roupas de corrida da gaveta e pegando meus tênis.

— Estou triste por isso há semanas e você está me dizendo que só se deu conta agora? — Maria esfrega os olhos e abre a boca em um bocejo epicamente longo.

— Não, quero dizer...

— Sou uma amiga melhor do que você, Danvers — ela diz, pegando sua *nécessaire* e seguindo para a porta do dormitório.

— Você é melhor que eu em tudo, Rambeau — respondo. Ela se vira e sorri, mas antes que qualquer uma de nós caia em um ataque de riso, Maria desaparece pela porta.

Quando volta do banheiro, estou vestida, sentada na cama com um sapato no pé e outro caído apático na mão, perdida em pensamentos.

— Ah, não — Maria diz automaticamente.

— Vou fazer um discurso — eu anuncio, ficando de pé. Um dos sapatos ainda está na minha mão.

— Um discurso curto ou um *à la* Danvers? — Maria pergunta, incapaz de conter um sorriso.

Levanto uma mão solene pedindo silêncio.

— Sei que começamos como colegas de quarto e depois nos tornamos amigas, mas eu ficaria honrada se... — Não. Estou encurralada. Começo de novo: — Eu penso em você como uma irmã. — Minha voz é alta e robótica, como se de alguma forma eu tivesse quebrado um dos tímpanos enquanto Maria estava no banheiro. Agora estou inexplicavelmente segurando meu único sapato como se fosse um pergaminho com uma lista transbordando nossos direitos inalienáveis. Maria está quieta. Eu limpo a garganta. — É isso. Esse foi o meu discurso. — E então eu faço uma reverência. Não tenho ideia do porquê. Me jogo na cama e começo a colocar o outro sapato.

— Acho que ficamos presas uma à outra por toda a vida no primeiro dia que voamos no *sr. Boa-noite*. Você lembra? — Maria se aproxima e se senta ao meu lado na cama.

— De cada segundo.

— Você tinha voado com ele pela primeira vez, e eu estava do lado de fora do hangar 39 com Bonnie, revivendo cada momento do voo enquanto esperávamos por você — Maria diz.

Eu assinto.

— Eu me lembro disso.

— Você pulou da cabine e correu pra mim e…

— Te abracei — digo. Maria dá de ombros. Uma corrente de lágrimas deixa um rastro em minhas bochechas.

— Eu te considerei minha irmã a partir desse momento — Maria afirma, mas seu tom casual desmente seus olhos cheios de lágrimas.

Eu engulo em seco.

— Não tenho ideia do que fiz para merecer uma amiga como você.

— Você não só merece uma amiga como eu, você conquistou uma amiga como eu — diz ela.

Aperto os lábios em uma tentativa de controlar as emoções. Não funciona. É claro que não funciona. Eu já devia saber a esta altura.

— Um abraço de lado seria estranho, né? — pergunto.

— Cruzamos os limites da estranheza há meses, Danvers — Maria responde, inclinando-se e me puxando para um abraço.

— Estou presa na estranheza há anos — eu sussurro no ouvido dela, e Maria solta uma gargalhada.

Alguns minutos mais tarde, estou correndo com Maria pela pista.

— Vocês estão atrasadas — Bianchi observa.

— Estávamos chorando e nos abraçando — digo com um sorrisinho.

— Sabia que é isso que as garotas fazem em seus quartos quando não estamos por perto — Del Orbe murmura quase para si mesmo.

— Acho que devíamos pegar leve. O segundo dia do Reconhecimento é o mais difícil, e depois temos a maratona amanhã — Maria diz.

— De oito quilômetros — acrescento.

Começamos a alongar nossas panturrilhas e braços, ainda doloridos pelos esforços de ontem.

— E vocês vão nos contar por que estavam chorando e se abraçando? — Bianchi indaga.

— É que vou sentir falta disso, só isso — digo, olhando para todos e abrindo os braços, como se eu pudesse reunir o grupo inteiro com um movimento.

— Ah, não — Pierre diz, pousando as mãos nos quadris e olhando para o céu enquanto pisca rapidamente. — Tenho medo desse momento. — Ele caminha pelo campo, apertando os lábios e balançando a cabeça. — Sei que eu vou ficar emotivo. — Ele é nossa manteiga derretida.

— Danvers fez um discurso — Maria conta, sentando-se no campo para se alongar.

— Temos mais três anos, Danvers. — Bianchi gesticula para todos. — Nós não vamos a parte alguma.

— Eu sei disso aqui. — Coloco o dedo na cabeça. Depois, desço até o coração. — Mas não aqui. — Olho ao redor para todo mundo. — Muito brega? — Maria abre um sorriso e balança a cabeça. Pierre está destruído neste momento, e Del Orbe levanta a gola da camisa para esconder as lágrimas.

— Não, definitivamente não foi brega — Bianchi diz, com a boca apertada. — Eu entendo. — Todos olhamos para Bianchi, sempre tão firme, esperando-o se abrir. Ele nem treme.

— Que foi? — ele solta. Esperamos.

— Eu não vou… — Bianchi fica corado. — Deixe-me passar pelos próximos dois dias. Não posso… É demais pra mim. Tenho que colocar um fecho aqui. — Ele leva a mão ao coração. — Em tudo isto. Apenas nos próximos, então… — sua voz cede — … talvez eu comece a entender o quanto cada um de vocês significa pra mim.

— Dois dias — Pierre diz, fungando.

— Quando chegarmos ao topo da Cathedral Rock amanhã, prometo estar tão abalado emocionalmente quanto vocês esquisitos parecem exigir de seus amigos — Bianchi diz com uma risada exausta.

— Precisamos de uma foto em grupo — Maria proclama.

— De todos nós chorando? Não, valeu — Bianchi diz.

— Eu vou tirar essa foto — Maria insiste, ficando de pé. Discussão encerrada. Nós nos recompomos e começamos a corrida pela pista.

O segundo dia de Reconhecimento é uma série de quatro da rotina mais cansativa e brutal que qualquer ser humano jamais imaginou. É a Rotina para Acabar com Todas as Outras Rotinas. Começamos às sete da manhã e vamos direto até às quatro. Lembro de poucos detalhes, como ouvir berros enquanto carrego um de meus colegas cadetes nas costas ao longo de um percurso. Ouço berros enquanto seguro minha arma sobre a cabeça pelo que parecem horas. E ouço gritos enquanto corro para cima e para baixo nas arquibancadas, ao redor do campo, campo acima e campo abaixo. Fazemos um tour pela Academia, e em cada memorial fazemos incontáveis abdominais, flexões e agachamentos. Certeza que vou ter inúmeros pesadelos esta noite, antes de ser acordada num susto por um sobrenatural berro de *"Atenção!"*. Em algum ponto depois do almoço, descubro um novo nível de profunda exaustão dentro de mim. Ouço berros enquanto levanto e lanço um pneu gigante pelo campo várias e várias vezes, e encontro um novo reservatório de força que eu não sabia ter dentro de mim. E isso quer dizer algo, depois deste ano.

Ao me afastar do refeitório depois do jantar, minhas pernas e braços estão tão doloridos que é mais fácil identificar as partes que não estão doendo. A boa notícia é que meus lóbulos das orelhas parecem estar totalmente bem no momento.

Conforme nosso grupo caminha em direção aos dormitórios, percebo que dia é hoje.

Sexta-feira.

Fico chocada por ter levado o dia todo para perceber, mas ao mesmo tempo entendo que meu cérebro precisasse se compartimentar para que eu pudesse realizar as atividades de hoje. Agora, com o estômago cheio e as pálpebras se fechando, sei que não podemos evitar: temos que ver quem Jenks selecionou para os Flying Falcons.

Não sei o que estou esperando. Aguardei esse momento o ano todo. O que no passado era um alvo claro se expandiu para muito além de simplesmente entrar nos Flying Falcons. Na verdade, o objetivo original agora me parece quase pequeno. E não sou tão maluca para pensar que Jenks permitiria que a gente entrasse no time algum dia. Mas talvez eu ainda alimente uma pontinha de esperança de que alguém mais estivesse assistindo. Alguém superior, que enfrentaria Jenks e confrontaria seus motivos para deixar as duas melhores pilotas fora da equipe. Não sei. Talvez eu seja mesmo maluca.

— Ei, pessoal. — Eu paro no meio do caminho, fazendo Del Orbe parar de repente com um *uff.* — Os Flying Falcons. A lista vai sair agora.

— Vocês querem que a gente vá com vocês? Por favor, digam que não — Pierre fala, prestes a se deitar onde está e dormir ali mesmo.

— Estamos muito cansados — Del Orbe acrescenta. Sua voz é um gemido infantil.

— Boa noite, mariquinhas — Bianchi diz com uma risadinha leve.

— Você é muito mau — Pierre responde. No entanto, ele e Del Orbe continuam seguindo abraçados em direção aos dormitórios.

E então somos três.

— Vamos lá ver aquela lista antes que todos os meus músculos se contraiam — Bianchi diz, apertando o passo de leve.

Percorremos os corredores procurando o escritório mais escondido do campus. Desta vez, é muito mais fácil encontrar, pois o caminho ficou gravado em minha memória. Paramos a cerca de trinta centímetros da salinha.

— Estou nervosa — afirmo.

— E se nenhum de nós conseguiu entrar? — Bianchi indaga.

— Eu estava pensando nisso agora mesmo — Maria diz.

— Como essa possibilidade escapou de todos os nossos cenários tão elaboradamente planejados? — Bianchi pergunta, rindo.

— Precisamos mesmo trabalhar nisso — concordo.

Ficamos em silêncio. E então, como se sentíssemos a urgência ao mesmo tempo, avançamos os poucos passos necessários para visualizar a lista dos nomes pregada na entrada do escritório.

FLYING FALCONS
Bianchi, Tom
Johnson, Bret

— Bret Johnson? — Bianchi pergunta sem acreditar, ignorando a alegria de ver seu próprio nome na lista.

— Havia veteranos melhores que Johnson — Maria diz, cruzando os braços sobre o peito.

— Eu diria que não faz sentido, mas... — Eu me detenho.

— Mas isto é um exagero gigante — Bianchi finaliza.

— Até para Jenks — Maria diz.

— Bem, ele está mandando uma mensagem bem clara — eu digo.

— Que ele está completamente por fora e se aposentando? — Maria pergunta, com a voz cortada e cheia de frustração.

— Torcendo pra que seja isso — eu digo.

Ficamos em silêncio, atordoados.

— Eu sei que é idiota, mas uma parte de mim ainda acreditava... — Maria diz, antes de se interromper, como se seu orgulho não permitisse que ela completasse a frase.

Mas nós sabemos o que ela ia dizer.

— Eu também — Bianchi diz.

— Eu também — digo.

— Ele poderia ter mudado o mundo — Bianchi continua. E assim, nosso objetivo maior entra em foco.

Encontre um novo lá.

— Acho que vamos ter que fazer por nossa conta, então — eu digo.

Bianchi e Maria assentem, e a frustração se dissipa. Um novo foco. Um novo compromisso. Um novo objetivo. Um novo propósito. Depois de alguns minutos, Maria finalmente quebra o intenso silêncio.

— Parabéns — Maria fala para Bianchi.

— Obrigado — ele agradece sem emoção.

— Você vai se sair muito bem — digo em um tom quase lisonjeiro. Estou genuinamente feliz por Bianchi neste momento, ele mereceu. E quero que ele sinta isso também.

— Valeu — diz ele, soltando um sorriso calmo e descontraído que não chega nem perto do que a situação pede.

Eu estreito os olhos.

— Você vai colocar um fecho nisso também, né? — pergunto.

— Ah, com certeza — Bianchi responde.

— Tá guardando pra quando chegarmos na pedra? — Maria pergunta.

Bianchi sorri.

— Pode ser.

CAPÍTULO 20

É o último dia do nosso primeiro ano na Academia da Força Aérea. Maria e eu estamos atentas no dormitório, vestidas com nossos uniformes azuis. A última inspeção da manhã de sábado é torturante, mas misericordiosamente breve. Em menos de cinco minutos, estamos nos arrumando e correndo para encontrar os outros antes da maratona. Meu corpo está no piloto automático, entorpecido pelos desafios físicos que enfrentou. Até meus lóbulos das orelhas sucumbiram a esta altura.

Entramos em formação, e um novo sentimento nos invade. É uma alegria controlada, mas mal contida. Somos como bolhas sendo sopradas de uma varinha de plástico, zunindo e disparando por todo o campus da Academia.

Esperamos sob uma bandeira com um brasão e o número do nosso esquadrão. Os estrondos, o frio na barriga e a energia se acumulam enquanto os minutos passam, até podermos começar a corrida de oito quilômetros até o topo da Cathedral Rock.

Olho para Maria, e sei que ela também se sente assim. Um sorriso brinca nos cantos da boca de Pierre, e Del Orbe se balança levemente com uma música que apenas ele ouve. Examino a multidão em busca de Bianchi. Ele está tão quieto, é como se estivesse enfeitiçado. Seu rosto está agressivamente impassível. Ele não olha para mim. Eu o vejo respirar fundo, sacudir alguma coisa e apertar a mandíbula com força conforme se recompõe.

Chen e Resendiz se aproximam de cada um de nós, e berram frases motivacionais na nossa cara. Estão querendo nos preparar para este último dia, tão perfeito que quase me faz chorar. Quando Chen para na minha frente, não sei se fico emocionada ou aterrorizada.

— Aviadora Danvers! — Chen grita.

— Sim, senhora!

— Você nos mostrou que é capaz de grandes coisas! — ela brada.

— Obrigada, senhora!

— Sabe o que é mais importante do que mostrar que é capaz de grandes coisas? — Chen pergunta. Minha mente é uma colagem estonteante de tudo o que aconteceu este ano. Não consigo identificar a resposta que ela quer.

— Não, senhora! — eu grito.

— Mostrar a si mesma que você é capaz de grandes coisas! — Chen berra de volta.

— Sim, senhora! — respondo.

— Sabe o quão capaz você é, aviadora Danvers? — Chen grita.

— Sim, senhora! — As palavras saem de mim sem hesitação.

— Você me deixou orgulhosa, aviadora Danvers — Chen afirma, com a voz um pouco mais profunda. Meus olhos encontram os dela, e há um milissegundo de reconhecimento entre nós. Ambas enfrentamos o desprezo de Jenks e ainda estamos aqui, prosperando.

— Obrigada, senhora! — berro de volta. E ela me dá a piscadela mais legal e mais discreta possível antes de passar para o próximo cadete.

Erupções motivacionais sinceras explodem por toda parte. Eu deixo que elas me lavem. Resendiz grita com Maria sobre sua inabalável integridade. Chen grita com Del Orbe sobre sua determinação resiliente. Chen grita com Pierre sobre sua corajosa bondade. Resendiz grita com Bianchi sobre sua liderança firme.

Ao final de nossa última formação como cadetes de quarta classe, todos estamos abalados emocionalmente. Exceto Bianchi, é claro.

E então, um por um, começamos a marchar como um esquadrão até a Cathedral Rock. O ritmo é lento, e a cada passo a dor persistente em meu corpo parece desaparecer e ser substituída por um orgulho efervescente. Estou sendo impulsionada para o topo desta montanha por uma alegria genuína.

Eu consegui.

Não.

Nós conseguimos.

Olho em volta para o nosso esquadrão. Depois, esquadrinho a montanha a minha frente. Tantos esquadrões. Tantas pessoas. Conseguimos. Não estou mais sozinha. Sou parte de um grupo. Sou parte da Long Blue Line.

Conquistei o direito de fazer parte da vida dessas pessoas. Primeiro, fui corajosa o suficiente para pertencer exclusivamente a mim mesma. Ao renunciar a minha necessidade de troféus e validação, ganhei a melhor coisa que alguém poderia querer: propósito.

É estranho pensar que, durante tantos meses, a única coisa que eu queria deste ano era entrar para os Flying Falcons — o que me lembra o quanto eu fazia pouco de mim mesma. Meus pequeninos objetivos combinavam com minha pequenina opinião sobre mim.

Maria e eu pensávamos que nunca nos encaixaríamos no mundo de Jenks, e considerávamos isso uma grande tragédia. Mas agora sou diferente. Não nos encaixamos no mundo de Jenks porque nos tornamos muito maiores do que ele pode imaginar.

É assustador e confuso, e não há respostas definitivas, mas a visão daqui de cima vai além de qualquer coisa que poderíamos encontrar se continuássemos presas na definição sufocante de Jenks de quem ele achava que éramos.

Aqui fora — na natureza selvagem, sob este grande céu azul —, finalmente estamos livres para ser quem realmente somos.

Poderosas. Curiosas. E, lindamente, imprudentemente humanas.

Sou arrastada para fora do meu devaneio pelos sons de aplausos e gritos vindos do topo da rocha. Sinto que meu peito vai explodir quando fazemos a última curva. Esquadrão após esquadrão sobe a rocha, e logo todos os cadetes se dissolvem em um derramamento exausto de tudo o que guardaram ao longo do ano.

Quando nosso esquadrão chega ao topo, Pierre, Del Orbe e Maria me rodeiam de uma só vez. Então nosso pequeno grupo é engolido pela multidão do nosso esquadrão, e rapidamente nos tornamos uma bolha giratória e descontrolada, pulando e nos abraçando no topo da Cathedral Rock, acima de Colorado Springs. Finalmente nos separamos e meus colegas seguem para outros esquadrões em busca de amigos. É quando percebemos que Bianchi não está entre nós.

Esquadrinhamos a paisagem. Todos o vemos de uma vez.

Ele está de pé no canto, segurando uma pequena câmera Polaroid branca com uma faixa de arco-íris em uma mão enquanto a outra tenta limpar — sem sucesso — as lágrimas que escorrem por suas bochechas. Ele nos vê e apenas balança a cabeça e ri.

— Isso é tudo culpa de vocês — ele diz, fungando, enquanto avançamos em sua direção em uma onda unificada. Ele coloca os braços em torno de nós quatro e nos puxa, tremendo com o fluxo de emoções sem fim. Nos abraçamos pelo que parecem horas, o que, para um grupo de pessoas que não costumam se abraçar[8], vai muito além de nossas zonas de conforto.

Quando finalmente nos separamos, percebo que ainda estamos meio agarrados. Tem um braço aqui, uma mão ali, e outro braço em um ombro acolá.

— Onde conseguiu essa câmera? — Pierre pergunta.

— É minha. — Lançamos um olhar coletivo de incredulidade para Bianchi. — Minha mãe me mandou um tempo atrás porque achou que eu não estava me comunicando direito com ela sobre minha experiência na Academia da Força Aérea — diz ele, corando.

— E como você trouxe pra cá? — Maria pergunta.

— Com muito cuidado — ele responde com uma sobrancelha arqueada.

Observamos a multidão e os esquadrões, todos tirando fotos em grupo e curtindo o (quase) final das festividades de Reconhecimento, e notamos Noble sentada com algumas pessoas do esquadrão dela. Então decidimos perguntar se ela aceitaria tirar uma foto de nós. Cinco vezes.

— Cinco vezes. A mesma foto? — pergunta ela.

— Cinco fotos. Nós somos cinco — Pierre explica.

— Então acho que você precisa de algo como uma fotocopiadora — Noble diz, com um desdém particular.

— Pode tirar ou não? — Maria pergunta, impaciente.

— Sim, sou física e intelectualmente capaz de tirar uma única foto cinco vezes — ela responde.

---

8 Exceto Pierre, é claro.

— Há literalmente centenas de pessoas aqui em cima! Como Noble acabou sendo nossa única opção? — dou um grunhido para ninguém em especial, com um sorriso no rosto.

— Sei que vocês me amam — ela diz, estendendo a mão para a câmera de Bianchi.

— Deus nos ajude, pois amamos mesmo — Del Orbe replica.

— Agora, façam a pose que quiserem para cinco fotos totalmente diferentes — Noble diz, seca.

Maria fica no meio, sem se mexer. Nosso centro moral. Nossa âncora. Pierre e Del Orbe se posicionam ao lado dela, abraçando-se como irmãos há muito perdidos. Bianchi e eu nos acomodamos do outro lado. Sendo o mais alto do grupo, Bianchi dá um pequeno passo atrás de mim. Eu me apoio nele e ele descansa a mão no meu ombro. Maria estende a mão e eu a aperto com firmeza.

E com um suspiro sofrido a cada intervalo, Noble tira cinco fotos. Uma para cada um de nós.

Se alguém analisasse as cinco fotos em sequência, veria um grupo de amigos sorrindo cada vez mais à medida que são dominados pelas lágrimas. Quem ficar com a última foto será o orgulhoso guardião do que pode ser o momento mais triste de nossas vidas.

Ou o mais feliz.

Decidimos não dizer adeus. Nenhum de nós conseguiria lidar com isso. Assim, dizemos que vamos nos ver em breve, mais tarde, como se fosse o fim de qualquer outro dia.

Deixo Bianchi por último.

— Vejo você no outono — digo. Meu rosto está apertado contra seu peito enquanto ele me envolve em seus braços firmemente.

— Vejo você no outono — ele repete.

— Nunca fiquei tão feliz por estar tão errada sobre você — afirmo.

— Eu também — ele diz, me abraçando mais forte.

A descida da montanha é silenciosa. Estamos todos reflexivos e exaustos, confortáveis um com o outro. Nossos corpos se esbarram e se entrelaçam até o fim.

Tomamos banho e nos vestimos para o jantar de Reconhecimento no Mitchell Hall. O estrondo de aplausos que se segue a cada vez que um de nós é chamado para receber a insígnia de asas fica em segundo plano conforme absorvo cada momento.

Quando finalmente chega a minha vez, vou até Chen e Resendiz e recebo a insígnia que vou usar com orgulho no quepe. Eu a seguro na palma da mão. É mais pesada do que eu imaginava, seu metal frio é denso e sólido. Fecho a mão em volta dela e volto para a mesa como se estivesse flutuando no ar.

Ao final da cerimônia, Maria e eu nos dirigimos para o dormitório. Vamos embora amanhã, mas antes de seguirmos em direções diferentes, planejamos uma última tarefa pela manhã. Só nós duas. Trata-se de um plano completamente transparente com o objetivo de adiar a despedida até o último minuto. Um plano completamente transparente com o qual nós duas concordamos cem por cento.

— Danvers, Rambeau, um momento — diz um homem de voz profunda logo atrás de nós.

Nos viramos para ver ninguém menos que o comandante de cadetes, o brigadeiro-general Whalen. Nunca o vi tão de perto antes. Tão ilustre com seus cabelos brancos, estar na sua presença é imediatamente humilhante. Seu uniforme é repleto de condecorações e medalhas que contam a história de uma carreira altamente reconhecida. Estou muda. Como ele sabe nossos nomes? Entramos em posição de sentido e batemos continência. O fluxo de cadetes voltando alegremente para seus dormitórios nos evita, silenciando brevemente ao passar pelo pequeno e improvável triângulo que formamos.

— Tive a sorte de estar presente nos testes dos Flying Falcons este ano. Não via um *roll* como aquele desde a minha época dos Thunderbirds, Rambeau. — Sinto o corpo de Maria se contrair ao meu lado.

— Obrigada, senhor — ela agradece. Seu tom de voz é calmo, mas eu a conheço tão bem que posso ouvir sua tensão de descrença e animação.

— Onde você aprendeu isso? — pergunta ele.

— Bonnie Thompson, senhor? — A frase sai como uma pergunta.

— Oh, é claro. Conheço Bonnie. Voei com ela na guerra do Vietnã — Whalen conta.

— Sim, senhor.

Ele se vira para mim.

— E aquela parada que o capitão Jenks provocou lá em cima, Danvers?

— Sim, senhor.

— Foi muito bem-feita, aviadora.

— Obrigada, senhor.

— Bonnie também te deu aulas?

— Não, senhor. Jack Thompson foi quem me ensinou.

— Por favor, diga-me que ele não a ensinou naquele velho Stearman dele — Whalen diz, rindo.

— Sim, senhor. Foi o que ele fez — digo, deixando escapar um leve sorriso.

— Podem me lembrar como ele chama aquele velho avião?

— *Sr. Boa-noite*, senhor — respondo. Então o general-brigadeiro Whalen solta uma gargalhada. Maria e eu nos entreolhamos rapidamente.

— *Sr. Boa-noite* — Whalen repete, ainda rindo.

— Nós duas o pilotamos, senhor — acrescento.

— Você aprendeu aquele *roll* no Stearman? — ele pergunta para Maria.

— Sim, senhor. — Whalen fica em silêncio por um longo tempo. Maria e eu esperamos imóveis.

— Vocês já pensaram em ser pilotas de teste?

— Não, senhor — Maria e eu respondemos ao mesmo tempo.

— Deixem-me fazer uma ligação. Vou entrar em contato com vocês — Whalen diz, antes de nos dispensar e seguir seu caminho.

Olhamos uma para a outra sem conseguir falar. Alguém estava vendo nossos testes.

— Pilotas de teste — Maria ofega.

— Eu sequer… Eu nunca… — gaguejo.

— Ser pilota de teste é um grande negócio, Danvers — Maria guincha.

— Isso está além… — Então eu me dou conta. Em nossa busca exaustiva para entrar nos Flying Falcons, acabamos ignorando essa rota alternativa; não é melhor nem pior, apenas diferente. E, neste momento, totalmente viável. Balanço a cabeça, incrédula. — É o nosso novo lá.

— O nosso novo lá — Maria repete.

— Uau — eu digo. É uma palavra estranhamente simples, mas engloba com perfeição o espanto maravilhoso que estou sentindo no momento.

Começamos a caminhar novamente.

— Antes de pirar totalmente com essa coisa de pilota de teste, posso só fazer uma observação? Ele disse que Bonnie o levou pra trabalhar no Vietnã, certo?

— Sim, por quê?

— A carreira de Whalen tem umas coisas supersecretas, e se eles se conheceram durante esse período...

— Sim, mas ela disse que só pilotou transportadores — digo.

— Há rumores... e isso veio do meu pai, então é pegar ou largar... ele diz que a CIA foi responsável por levar homens como Whalen pra trabalhar durante a guerra do Vietnã — Maria conta. Ela para de andar e se vira para mim. — Danvers! E se Bonnie era uma espiã?

— O quê? Isso é... — Reflito por meio segundo. — Sim, que saber? Até que isso faz sentido.

— Não é?!

Maria e eu rimos, caminhando em silêncio.

— Bonnie Thompson com certeza era uma espiã — Maria diz para si mesma.

— "Aconteça o que acontecer, lembrem-se sempre de quem vocês são. Não do que eles dizem que vocês são" — falo, repetindo o que Bonnie nos disse na noite do churrasco.

— Ela nunca deixou ninguém lhe dizer quem ela era — Maria completa, enquanto seguimos para o dormitório pela última vez.

— Nunca — digo, com reverência.

Conversamos sem parar pelo que parecem horas. Nenhuma pausa se prolonga além de alguns segundos. Não sei se estamos nervosas, em negação ou empolgadas com essa coisa de pilotas de testes, e impressionadas com Bonnie Thompson, e cheias de amor, orgulho e admiração. Ou se são todas as coisas juntas.

Mas, enquanto me mexo e me reviro a noite toda, as preocupações e dúvidas recomeçam a flutuar dentro da minha cabeça. Viro de costas e olho para o teto; um raio de luz azul da aurora atravessa o dormitório agora sem adornos, com nossos diversos pertences nas malas. Solto um longo suspiro e me lembro de tudo que aprendi este ano. As preocupações e dúvidas continuam flutuando dentro da minha cabeça, mas desta vez eu não as temo.

Porque não há problema em ter medo. Não há problema em não saber. Tudo bem me permitir aprender.

Porque é assim que vamos mudar o mundo.

Viro para o lado, enfio o travesseiro na dobra do meu braço e finalmente adormeço.

Na manhã seguinte, bem cedo, Maria e eu descemos a colina de carro. As janelas estão abaixadas, o rádio soa alto. Nosso primeiro ano na Academia da Força Aérea dos Estados Unidos acabou oficialmente.

O mundo nos aguarda. Mas, antes, há nossa missão.

A viagem é relativamente calma, e chegamos ao nosso destino muito antes do programado. Saímos do Mustang, vou até o porta-malas e pego tudo o que vamos precisar hoje. Volto para a frente.

— Tome cuidado, isso é velho e não dá pra confiar — digo, entregando à Maria a garrafa térmica cheia do chá mais estimulante que pude encontrar. Faz calor agora, então não precisaremos do cobertor xadrez, mas ofereço a ela de qualquer maneira. É tradição.

— Ainda existem garrafas térmicas para comprar, sabe? — Maria diz, subindo no capô do meu velho Mustang.

— Sim, mas qual seria a graça?

Depois que Maria se ajeita, estendo dois sanduíches de geleia para ela. Ela coloca a garrafa térmica no capô do carro e os sanduíches em seu colo. Sento no capô ao lado dela.

E quando estamos prestes a devorar nossos sanduíches, ouvimos o primeiro.

— Agora feche os olhos — digo.

— Positivo e operante — Maria responde.

— Parece um fusquinha — falo, levantando a cabeça para o céu.

— É um Cessna, com certeza — Maria diz.

— Não é um 182. Eles têm um som mais... sei lá, mais tristes. Poderia ser um Beechcraft, talvez...

— De jeito nenhum. Beechcrafts são mais suaves. Eles não fazem esse ratatá... — Maria retruca. Sinto o corpo dela tremendo ao meu lado.

— O que você está fazendo?

— Abra os olhos bem rapidinho — Maria diz. Eu obedeço e me viro para vê-la sacudindo e agitando os dedos à frente, como se fossem homenzinhos fugindo de algo. — Ratatá — Maria conclui. Como se isso fosse esclarecedor de alguma forma.

— É assim que ratatá soa na sua cabeça? — pergunto, rindo.

— Ok. Talvez assim? — ela pergunta, acenando com as mãos.

— Isso são mãos de jazz. Você só está fazendo mãos de jazz agora — indico.

— Está bem. Faça do seu jeito. E quer saber? Esse avião é 172. Eu sabia antes dessa coisa de ratatá, por sinal — Maria diz, pegando a garrafa de chá.

— Você está certa... Isto é... — Abrimos os olhos assim que o avião passa acima de nós. — É exatamente isso. Meio que soa como um Mescalero — afirmo com a boca cheia de pão e geleia.

Maria assente e arrisca outro gole do chá quente.

Um motor estridente retumba ao longe. Fechamos os olhos.

— Este aí não é americano — Maria diz.

— Não, é... — O avião se aproxima.

— Motores duplos — Maria diz.

— Talvez italiano — acrescento.

— Não tem como você saber isso — Maria diz, rindo.

— Sei que é italiano porque o avião é um Partenavia P-68, muito obrigada — digo, abrindo os olhos.

O Partenavia cruza o céu sobre nós. Dou uma mordida gigante e levemente convencida no meu sanduíche de geleia.

— Preciso melhorar meu desempenho se quiser te enfrentar — Maria diz, arqueando uma sobrancelha.

— Não precisa se apressar, hein? Temos... — Eu me interrompo.

— Todo o tempo do mundo — ela finaliza e eu assinto.

— Todo o tempo do mundo — repito. Maria dá uma cutucada em mim, e sei o que ela está pensando. — Vai. Sei que está te matando — digo.

— Muito brega — ela diz, rindo.

— Muito brega — repito.

O céu silencia por uns poucos momentos, e então eu escuto. O rosnado baixo do avião na boca do meu estômago, aproximando-se mais e mais.

— É o... — Maria começa, mas se interrompe quando erguemos nossos rostos, de olhos bem abertos.

O zumbido cantante do motor serpenteia pela minha espinha, com seu ronronar magnético e ameaçador. É a coisa mais linda que já ouvi.

À medida que o *sr. Boa-noite* plana acima, Maria e eu acenamos e gritamos, na esperança de que Jack e Bonnie possam nos ouvir.

E eu juro ouvir uma buzina a distância.

SIGA NAS REDES SOCIAIS:

◎ @editoraexcelsior
❋ @editoraexcelsior
◉ @edexcelsior
☻ @editoraexcelsior

editoraexcelsior.com.br